TO

夜までに帰宅

二宮敦人

TO文庫

「よし、テスト終了」

チャイムと同時に先生の声。僕は鉛筆を机の上に放り出して、ふうと息を吐く。後ろのマサシが僕の背中をつつき、びっしりと文字の書かれた答案を差し出してきた。僕は笑顔で受け取ると、自分の答案を重ねて前の席へと送る。

高校に入って最初の中間試験が終わった。

「あああ、よーやく終わった！　いやったあ！」

隣の席のキョウカが嬉《うれ》しそうに声を上げる。さっきまでの静寂とは打って変わって教室の中にはざわめきが広がるが、そのどれもが解放感に満ちていた。僕も例外じゃない。終わった。テスト期間が終わるのって最高だ。思わず笑みがこぼれる。

「アキラ！　終わったねー終わったねー」

キョウカが金に近い茶髪を振り乱し、はしゃぎながら僕の肩をばんばんと叩《たた》く。

「痛い痛い、痛いから。えっらい機嫌いいね。英語、よく出来たの？」

「まさか！」

キョウカはヤケクソ気味の笑顔で返す。

「でも、日本人だからよくね？」

「……次に赤点取ったらやばいって言ってなかったっけ。親に小遣い止められかねないって」

「アキラ、今日だけは……」

今度は少し影のある表情を作るキョウカ。

「それは忘れさせてくれよ」

そう言って判定で敗れたボクシング選手のようにふっと笑う。顔芸の上手《うま》い奴だ。

「ぷふっ」

キョウカの仕草が面白かったのか、その後ろのエミが噴き出した。

「ちょっとエミー。笑わないでよ」

「ご、ごめん。だって」

口に手を当てながらまだ笑っている。僕は思わずその顔に見とれてしまう。エミの頬は、ちょっと申し訳なさそうに赤くなっていた。

「あたしだってこう見えて一生懸命、生きてるんですからね。そりゃ、いつも成績優秀なエミさんにはかないませんけどおー」

「え？　うん、ごめん……」

困ったように眉《まゆ》を寄せるエミ。丸い形の頭を覆うセミロングの髪が可愛らしい。そのエミの頭をキョウカがわしわしと撫《な》でる。

「もう。エミったら可愛い。ごめんごめん冗談だって。んじゃ、今日はテスト終了記念に打ち上げ行きますか！　ノンストップカラオケ&ゲーセン祭りよ」

「え、ええ？　そうなるの？　お金ないよお」

ぐいと手が伸びて、キョウカは僕の襟も摑《つか》む。

「当然でしょ。金がないなら、なんとかして作れ！　いい？　長く辛《つら》かった中間テスト。この地獄から抜け出た祝いを盛大にやらなくてはいけないの。そうでなければ、死んでいった答案たちが成仏できないわ。主に英語。ね、アキラも付き合ってくれるでしょ」

「べ、別にいいけど」

僕はキョウカの迫力に負けて言う。というか、やっぱり君は英語ダメだったんだな。

「あ、アキラ君も一緒なら、まあいいかな……」

エミが僕の方を見て、やや上目づかいでにこっと笑う。僕の心臓は高鳴る。顔面に体中の血が集まってきそうだったので、僕は目をそらした。

「よーう。何か面白い話？」

後ろから僕の肩を叩いたのは、マサシだ。ひょろっと細長い体軀《たいく》のこのクラスメイトは、キョウカと視線が合った瞬間にびくっと緊張する。殺気でも感じ取ったのか。

「マサシ。キョウカがテスト終了祝いに遊ばないかって」

「へー、面白そうな話じゃん。交ぜてよ」

「……マサシ君……」

キョウカは相変わらず攻撃的な視線をマサシに送っている。

「……君はさぞかし英語、よくできたんでしょうねえ……」

「え？　あ、うん。一問だけ自信がないから、まあ悪くて九十八点かな」

メガネの位置をなおしながら、マサシ。

「お前は来るなっ！」

泣き笑いのような顔で叫ぶキョウカ。

それより大きな声で、先生が言った。

「おいそこの赤点王、静かにしろー。まだテスト回収中だぞ」


帰りのホームルームで先生が述べたのは、僕たちにとっては聞きあきた台詞《せりふ》だった。

「えー、明日《あした》は創立記念日。その次は国民の祝日だな。テストが終わったばかりの連休で、おちゃらけて遊びたい者もいるかもしれんが、羽目は外さないように。復習をきっちりして、できれば予習もしておけよ」

遊びたい者、のくだりで先生がキョウカの方を見たように思えた。僕も横を向く。なるほど、「遊びたい」と「早くホームルーム終われ」の二つの願望が顔に書いてあるような女がいる。

「もう高校生になったお前たちに今更言うことでもないかもしれんが、一応。不審者には気をつけるように。生徒だけでの遠出の前には事前連絡を。アルバイトする場合は学校に届けること。一部繁華街への出入りは禁止。それから……」

僕はキョウカの方を見ている振りをしつつ、ちょっとだけ視線を後ろに向ける。エミの白い肌、黒い目、ピンク色の唇が見えた。目が合ってしまいそうな予感があり、僕は慌てて前に向き直る。

先生が、最後のひと言を口にするところだった。

「くれぐれも、『夜』までに帰宅し、『夜間』の外出は控えるように。以上」

そして、先生はぱたんと手帳を閉じた。

「起立」

委員長の号令。がたんと音を立ててキョウカが真っ先に立ちあがる。

「礼」

教室にいる全員が頭を下げる。数秒経過。よし。僕が頭を上げきるか否かくらいのタイミングで、キョウカの甲高い声が聞こえてきた。

「よっしゃ。どこのカラオケ行く？」

演歌からアニソンまで。

信じられないくらい広いレパートリーを持つキョウカの歌声が、まだ鼓膜の奥で響き渡っているような気がする。三時間。さすがに長かった。

「お待たせしました」

店員さんが僕たちの机から番号札を取り除き、代わりにハンバーガーとポテトをのせてくれる。ほかほかのいい匂いが満ちる。僕たちは手を伸ばし、それぞれにかぶりついた。

「もうちょっと歌いたかったなー」

そう言いながらポテトをくわえるキョウカ。マサシがコーラを噴き出しつつ、つっこむ。

「おいおい。お前、時間の半分以上歌ってただろ」

「え？　そうだっけ」

「そうだよ。だって一人だけ順番とか関係なしに入れまくってたじゃん。他三人は一曲ずつ順番に入れてたのにさ」

「え？　そうなの？」

驚くキョウカに、エミが困ったように頷《うなず》いてみせる。

「ううう……そうだったのか。みんなごめん」

キョウカは泣き顔を作りながら言う。

「でもさ。今日はテスト終了祝いじゃん。つまりさ、テストで傷を負った分だけ歌ってもいいわけじゃん。ね？　あたし、相当の傷を負ったんだよ？　クラスでも有数の重傷者なわけだよ？　優等生のマサシ君は歌わなくていいくらいだよ。参加できるだけでも感謝してもらいたいって。エミ、あんたもどうせ無難に八十点とか取ってるんでしょ。ひどすぎ。……アキラは……」

僕はハンバーガーを噛《か》みながら答える。

「七十点くらいは取れたかな」

「……」

白い顔をして絶句するキョウカ。その口から二酸化炭素とともに魂が抜けかけているのがわかる。

「うん。いいよ。好きなだけ歌っていいから。許可する」

何となく申し訳なくなり、僕は付け加えた。

店内のざわめきが次第に大きくなる。レジ前に長蛇の列。持ち帰りを頼む客も多いようだ。

「もうこんな時間か。混む時間帯なのかな」

僕はスマートフォンを取り出し、開いて時刻を見る。

「今、何時？」

エミが問う。

「四時二十分」

「今日、『夜』は何時からだっけ」

「確か五時五十八分だったかな」

そろそろ帰らないと、という空気が僕たちの間に漂う。

「この中で家が一番遠いのって誰だっけ」

マサシが見まわすと、エミが手を上げた。

「たぶん私」

「どこ？」

「新浦安《しんうらやす》なの」

「結構遠いね。京葉線？」

「うん、一回乗り換えして……一時間ちょいくらいかな」

マサシが腕時計を見て頷く。僕も頭の中で、全員が「夜」までに帰宅するためには、どんなに遅くなってもあと三十分くらいで店を出なくてはならないな、と計算する。

その時キョウカが、こっそりと言った。

「ねえ。今日、『夜』遊びしない？」


「夜」遊び。

僕はどきりと心臓が高鳴るのを感じる。

その言葉自体は知っていた。高校生くらいになると、それをする奴がいることも。正直、興味はある。同時に、心のどこかで警告音が鳴る。

それはさすがにまずいだろ。

「夜」に出歩くなと、両親からも先生からも、それこそありとあらゆる大人から僕は言い聞かされてきた。特にうちは厳しい方で、小学校の頃は「夜」より一時間前に帰らないと烈火のごとく怒られたものだ。

僕に言い聞かせるだけあって両親もしっかり「夜」までに家に帰ってくる人たちだった。特に母さんは心配性な方で、父さんの帰りが遅いと心配そうに玄関先に立ち、通りを歩く人の中から夫を探すのだった。一度だけ、父さんが「夜」までに帰ってこなかったことがある。仕事のトラブルか何かで、三十分ほど遅れたのだったか。何とか歩いて帰って来た父さんに抱きついて涙を流す母さんの姿をよく覚えている。あれはさすがにオーバーすぎるだろうと、子供心に思ったものだが。

「夜」を恐れろ。

「夜」に出歩くな。

「夜」は人が入っていい世界じゃない。

小学生までは素直に信じていたその言いつけに対しても、中学生になると反抗心が芽生えてくる。高校生になった今は、笑い飛ばせそうなくらいだ。そんな迷信、ばかばかしい。非科学的だ。「夜」なんてどうってことないじゃないか。ただ日が沈んで暗くなるだけのこと。

だから、キョウカが「夜」遊びの提案をしたことに対しても、怖いという気持ちはなかった。ただ、すぐに賛成するわけにもいかなかったのは、両親に心配をかけたくはないという感情が大きい。

「『夜』遊びって。まずいまずい、オヤにめっちゃ怒られる。うちのオヤ過保護なの、知ってんだろ」

真っ先に答えたのはマサシだった。

うんうん、そうだよな。僕も頷いてみせる。

「大丈夫。みんなで、あたしの家に遊びに来ていることにすればいいじゃん」

「キョウカの家に？」

「そ。あたしの家、今日は誰もいないのよ。両親は旅行で外国に。アネキは彼氏の家にお泊り。うちにみんなが来てるって話にしちゃえば、ばれないっしょ。口実はテストの打ち上げ、みんなで遊んでる、これでＯＫ。全部嘘ってわけでもないし」

「で、でも」

キョウカが細い目をさらに細くして笑う。

「何？　まさかマサシ、怖いわけ？」

「いや、怖いとかじゃないけどよ」

手を必死で振って否定するマサシ。

「マサシって意外と弱気なのねー。何？　『夜』にはお化けが出るとか、そういう話信じちゃうタイプ？」

「そうじゃないけどさ。『夜』だよ？」

「だから何？」

「だからさー、神様を信じていない人だって、むやみやたらと神社にゴミ捨てたりしないじゃん。本気でバチが当たるって考えちゃいないけれど、それでもわざわざ危険を冒そうとは思わないんだよ。それと同じ。あくまでそういうこと。『夜』は出歩かない方がいいよ。万が一何かあったらまずいって。マジで……」

マサシが急に物凄《ものすご》く早口になった。長身の優等生が狼狽《ろうばい》している姿は、ちょっと面白い。

「だから、本当に何かあるのかどうか、確かめてみたいじゃん」

キョウカはニヤニヤしながら、ますます切り込んでいく。

「えー？　そんなことして何かメリットあんのかよ。なあ」

マサシは不安そうに僕を見る。

「でも、ちょっと面白そうだね」

口を開こうとした僕の目の前で、エミがそう言った。

いたずらっぽく笑いながら目を輝かせている。白く綺麗《きれい》な歯が見えた。ひょっとしたらエミは、こういう遊びが好きなのだろうか。そういえばずっと前、キョウカとエミが怪談話で盛り上がっているのを見た記憶がある。

「夜」遊び。エミと一緒に。

僕の中でちょっとした妄想が広がる。暗い中で、エミと一緒におしゃべりができるなんて、何だかとても楽しそうなことに思えた。

「さっすがエミ。そうでしょそうでしょ。『夜』に外に出てるなんて、とってもエキサイティングじゃない。一生に一度くらい経験しとくべき。ね、アキラ？　それともあんたも怖いとか言うわけ？」

キョウカはノリノリだ。

「ちょっとやってみたいかも」

僕は答えていた。

「さすがアキラ。そうでなくっちゃ。ほーらマサシ、どうすんの。この状況でもまだひよるってわけ？　ま、嫌なら来なくたって別にいいけどお」

キョウカはマサシをがんがんに煽《あお》る。完全にキョウカのペースだ。ぐっと唾《つば》を飲み込むマサシ。

正直僕も、キョウカの思い通りになるのは嫌だ。でも、エミの前でカッコ悪いところを見せるわけにはいかない。うん。

そんなことを考えていたらエミと目が合ってしまった。エミはくりっと首をかしげて笑う。「どしたの？」という感じ。僕は心を見透かされたようで恥ずかしくなり、手元のガムシロップを指先で弄《もてあそ》ぶ。

「でも、危ないぜ。もし暗い中でケガとかしたら……」

マサシはまだ抵抗を続けている。キョウカがたたみかける。

「そんな危ない所に行かなきゃいいのよ。そりゃ未開の原生林とか歩いたらケガだってするかもしれないけど、その辺の公園とかで、コンビニのお酒でも買ってきて遊ぶくらい全然平気。安全だよ」

「え？　酒？　まだ飲んじゃダメだぞ」

「マサシ、君は本当に糞《くそ》真面目だねえ……。いや別に飲むのはジュースでもお茶でもなんでもいいけどさ。ばれなきゃいいわけじゃない。『夜』の間は警察だって見張ってないよ」

「でも……」

「大丈夫だってば。うちのアネキなんて、中学生の頃から『夜』遊びしてたよ。それも何べんも。オヤも最初は怒ってたけど、そのうち諦《あきら》めた。『夜』って静かでロマンチックで、めっちゃ楽しいってさ。癖になるって。もちろん、ケガして帰ってきたことなんて一度もなし」

「うーん」

さすがにここまで説得されると、マサシの反論のタネも尽きてきたらしい。

「ね、みんなで行けば怖くないよ。赤信号、みんなで渡れば怖くないだよ」

キョウカはわけのわからない標語まで持ち出した。一人だろうがみんなだろうが、赤信号は渡っちゃダメだろ。

「まあ、そうだなあ」

ついにマサシも折れた。

「きゃっほう。エミ、良かったねえ。今日はみんなで楽しく過ごそうねっ」

キョウカが嬉《うれ》しそうにエミに抱きつく。小さなエミの体はむぎゅうと言わんばかりにもみくちゃにされる。困ったように笑うエミ。正直キョウカが羨《うらや》ましい、代わってくれ。

夕陽で鮮やかな赤に染まった空を見上げて歩いていると、金属質なチャイムの音がどこか遠くから聞こえてくる。

それに続いて、抑揚のない女性の声。

「こちら　こちら　こちら……」

街に言葉が拡散していく。それを考慮に入れてだろう、少し時間をあけて次の言葉が放たれる。毎日おなじみの連絡放送だ。

――こちら歌川市役所です。市民の皆様にお伝えいたします。「夜」まであと一時間です。繰り返します。「夜」まであと一時間です。「夜」までに帰宅するように心がけるとともに、「夜」間の外出は控えてください。また、「夜」間にトラブルが発生した際は、専用の緊急相談口までご一報ください。市民の皆様のご協力をお願いいたします——

「します　します　します……」

やまびこのように遠ざかっていく声。

「しらす　しらす　しらす……しらす干し」

キョウカが冗談のつもりか、その口真似をする。

「ちょっと、何言ってんの」

「しらす干し、好きだから」

しれっとボケるキョウカ。エミがくすくすと笑う。

ふざけあっている女子二人の後ろから僕とマサシはついていく。男性陣は荷物持ちだ。

僕は大量のお菓子やらおつまみやらが詰まったビニール袋を、マサシはドリンク類を抱えている。もちろん、酒も買った。ふうふうと息の荒いマサシ。

「おい、アキラ」

「ん？」

「……次の電信柱で交替な」

「わかったわかった」

コンビニであれだけ大量の買い物をするのは初めてだろう。下手したら僕の人生で最初で最後になるかもしれない。こんなに必要あるかと問いただすマサシに、キョウカは「もし足りなかったら困るでしょ」と言って押し切った。

「夜」の最中は、さすがにコンビニも開いていない。確かに「夜」間に飢える羽目になるのは嫌だった。食い盛りの学生四人なのだから、多めに用意するくらいでちょうどいいかもしれない。

オーソドックスなポテトチップスにおせんべい、ポップコーン。ナッツやソーセージ、それからビーフジャーキーといったおつまみ類。そして謎の物体が沈んでいるゼリーや、怪しい色合いのパンまで。様々な食べ物の包装ビニールがこすれ合う音を聞きながら、僕は少しわくわくしていた。

みんなで、どこかを探検に行く。そんな、小学生の頃に感じたような胸の高鳴り。こんな気持ちは久しぶりだけれど、悪くないと思う。

ちょっと前に、ふと考えたことがある。毎日毎日、僕は同じ道ばかり通っているなと。学校、駅、家、本屋、商店街。段々慣れてくると、ほんの数通りのルートしか使わなくなってしまう。もし自分の移動履歴を地図の上に書きこんでいったら……同じ道ばかり、それこそ地図の中でほんの一部だけが真っ黒に塗りつぶされることだろう。

それに気がついた時、謎の反骨精神が目覚めた。世界には無数の道が存在しているというのに、こんなワンパターンじゃよくない。僕は積極的に遠回りをしたり、探索することにした。いつもの路地を初めて違う方向に曲がった時の高揚感。景色がとても新鮮に感じられて、僕はきょろきょろしながら歩く。いつもの道の一本向こう側に、こんなに素敵な世界があるなんて知らなかった。

あれと同じだな。

「夜」なんて毎日来るものなのに、僕は一度も「夜」間に外に出たことがない。タブーだと思っていたから、そもそも外出しようと考えた経験すらなかった。

胸がドキドキする。どんな世界なんだろう。

「おい、アキラ」

あと一時間だ。あと一時間で、未知の世界に僕は足を踏み入れる。素敵な予感が僕の中で高まっていく。

「アキラってば」

ぽんと肩を叩《たた》かれる。

マサシが僕を見つめていた。

「ん？　あ、何？」

「交替。ほれ」

電信柱を指さしてマサシが言う。

僕はため息をつきながら、置かれている袋を抱え上げる。ドリンク類の入った袋は、びっくりするくらい重かった。

十七時を過ぎた。

ほとんどの会社は十六時で業務を終了する。ちょうど今くらいが帰宅ラッシュだ。会社から家までのわずかな時間に必要品を買い求める人、家路を急ぐ人で街は溢《あふ》れていた。

「夜」間の外出は、法律で禁止されているわけではない。もしどうしても出かけたかったらそれは本人の自由だし、別にとがめられるようなことでもない。

ただ、「夜」の間に起きたことは全て自己責任になるし、何よりも社会的な組織がほとんど機能していないのが問題だ。あらゆる商店、飲食店はもちろん、警察、病院は「夜」間は完全に業務時間外。その間に何かケガでもしてしまったら、大変だ。誰も頼れないし、誰も助けてくれない。

「夜」の間は家で大人しく過ごすこと。

どうせできることもないのだから、早く寝て「朝」を待つ。

それはどこの家でも教えられる常識だった。

万が一急病などになったら、都道府県に数個ずつ設置されている特別指定夜間団体扱いの組織であれば対応してもらえるらしい。が、特指はいつもめちゃめちゃに混雑していて、事実上役に立たないというもっぱらの評判だった。

なので、「夜」までに帰宅した方が良い。

自分にトラブルが起きないようにという意味もあるし、他人にも起きていてもらっては困る。誰かが「夜」に外出してトラブルに巻き込まれたら、ただでさえ十分ではない特指の人手が、そちらに取られてしまう。そんな時に自分が急病にでもなったら最悪だ。

そんなわけで「夜」を自宅で静かに過ごすのは、市民の慣習上の義務に近い。住宅街で大声を出して騒がないとか、優先席はできるだけ譲るとか、そういったルールの一つだ。当然ルールを破ろうとしている人間は嫌な目で見られるし、場合によっては叱責《しっせき》される。

「子供だけで夕方に出歩いているところ、人に見られないようにしないとね。面倒なことになるもん」

キョウカがそう言うのも当然だろう。

「そんなこと言ったって、警官に職質とかされたらどうすんだよ」

マサシが不安そうに言う。

「今から帰宅するところですって言えばいいんじゃないかな」

「そんなんで大丈夫かあ?」

「何とかなる、なる」

すでにここに来る途中に一度、通りすがりのおじいさんに「おい、あんたら。『夜』になる前に帰れよう」と言われている。その時は素直に頷《うなず》いてやり過ごしたが、次も誤魔化せる保証はない。

ただ、すれ違う人々に僕たちを怪しむ様子はなかった。自分が「夜」までに帰ることに集中しているのだろう。

ふと、挙動の怪しい一団を見つけた。

どこがどう怪しいというわけではないのだが、あたりを警戒した歩き方といい、時間に追われている様子がない点といい、どうも浮いている。何か悪だくみをしている感じ。きっと僕たちと同類だ。

キョウカも気がついたのか、まじまじとその一団を見つめる。

「あれユウヤたちじゃん。おーい、ユウヤ！」

キョウカの声に、一団は振り返った。

特徴的な垂れ目に、中途半端な長髪。間違いなく同級生のユウヤだ。

「何だ、キョウカかよ。驚かすなっつーの」

ユウヤと一緒にタツヒコとスミオの姿もあった。長身で色白なのがタツヒコ、小柄で吊り目がスミオ。よく三人でつるんでいる、おなじみの顔ぶれだ。

「何だじゃないわよ。何やってんの？　こんな時間に。またサバゲー？」

暗視装置というものだろうか。スミオは脇に黒い装置のついた双眼鏡を提げている。タツヒコは、大きなカメラを持っていた。何とも妙な装備だ。

「サバゲーなんてとっくに卒業したわ。子供の銃遊びだろ、あれ」

「へえ。こないだまでノリノリでやってたくせによく言うわ。じゃあ何？　もしかして……盗撮でもすんの？」

「ち、違うっつーの！」

ユウヤは大げさに否定する。

「何なんだよお前ら。さっさと帰れよ」

「いやいや。今日はあたしたちもこっちに用がありましてねー」

「用？　その荷物……お前らも『夜』遊びするつもりかよ」

「さあねえ。でも、あたしたちは健全だから。清く正しく酒盛りするだけだもん。あんたらは『夜』中に盗撮。変態街道一直線だねえー」

「お前なあ……」

ユウヤは眉《まゆ》をぴくぴくさせる。相手を無駄に挑発することにかけてはキョウカの右に出るものはいない。

「仕方ない、教えてやるよ。でも秘密だからな？」

小声になるユウヤに、キョウカは好奇心たっぷりの笑みで顔を近づけた。僕たちも思わず聞き耳を立てる。

「シニンを見物しに行くんだよ」

一瞬、その単語の意味がわからずに僕たちは硬直する。

「……シニンって何？」

「だからよ、知らないか？　藤崎台《ふじさきだい》の林。あそこで首を吊ると、苦しまずに死ねるんだってよ。自殺情報サイトで話題になってんだ」

「自殺情報サイト？　あんたら、そんなの見てんの？」

「別に自殺したいわけじゃないぞ。あくまで、そういう情報を仕入れるためにチェックしてんだ」

「ああ、シニンって死人のことか……。で……自殺が起きないかどうか、見に行くと」

「まあそうだな。今夜は自殺志願者が来る確率が高いと睨《にら》んでるんだわ。そうそう見られないだろ、こんなショー。ネットで死人の画像や動画はいくらでも見られるけどよ、本物なんてめったに拝めないからな」

ユウヤはニヤニヤと笑う。

「趣味悪う」

キョウカが不快そうに言う。エミも眉をひそめていた。なるほど、そのためのカメラや暗視装置か。人の死を玩具《がんぐ》のように扱うその感覚は、僕にもちょっと理解できない。

「お前らみたいなぬるま湯の中で生きてる奴らにゃわかんねーよ。でもな、こういうリアルの方が刺激的なんだぜ。別にいいだろ、誰に迷惑かけるわけでもないんだからよ。さ、わかったらさっさと行けよ。邪魔すんな」

ユウヤはあっちいけの仕草をすると、タツヒコとスミオを引き連れて藤崎台の方へと歩き出した。きっちり準備をして来ているのだろう、その服装はまるで闇に溶け込むような黒や茶のジャージで固められている。彼らの本気っぷりがよくわかった。

「どっちにしろ盗撮には違いないじゃん」

キョウカは呆《あき》れたようにつぶやいた。


僕はスマートフォンから聞こえてくるコール音を数える。七回ほど鳴ったところで、母さんが出た。

「はいもしもし、高田《たかだ》です」

夕飯の準備でもしていたのだろう、忙しそうな声。

「あ、母さん？　僕」

「あらアキラ。どうしたの？　今日は試験期間だから、早いんじゃなかったの」

「うん。テストが終わったからさ、学校の友達と遊んでた」

「そう。ほどほどにね。早く帰ってこないと『夜』になるわよ」

「それなんだけどさ」

僕は今日、キョウカの家に泊まろうとしていることを説明する。相槌《あいづち》を打つ母さんの声が少しずつ不満げに低くなっていくのを感じる。

「エミや、マサシとかも一緒なんだ。みんなで遊ぼうと思って」

年頃の男と女がお泊り、というシチュエーションがまずいのかと思い、僕は付け加える。

しかし母さんが気にしているのはそこではなかった。

「でも、『夜』なのよ。『夜』に、そんな友達同士でなんて……」

「大丈夫だよ。キョウカの家にいるんだからさ。外には出ないし」

僕は嘘をつく。

「うーん、でも」

電話口の奥から誰かの声が聞こえた。父さんが母さんに何か言っているらしい。もう父さんは帰ってきているようだ。

「え？　うん、そうね……まあ、あなたがそう言うなら」

父さんと話す母さんの声が聞こえる。心配性な母さんに比べて、父さんは割と放任するタイプだ。彼は冒険してこそ子供は育つと考えている。志望校を決める時、地方の高校に入って一人暮らしを経験したらどうかと言ったのも父さんだった。そのアイデアは母さんの猛反対によって却下されてしまったが。

「……そうね、アキラももう高校生になったんだしね。うん、そうね……」

電話の向こう、母さんの緊張が解《ほど》けていくのがわかる。父さんが助け舟を出してくれたに違いない。窮屈な時には放りだしてくれる父さん、寂しい時にはあれこれ構ってくれる母さん。二人の愛情に感謝していると、ぐっと母さんの声が近くなった。

「まあいいわよ。遊んできても」

「ありがとう！」

指でＯＫサインを作り、電話する僕を心配そうに見つめているエミやキョウカに示す。

「ただし、ちゃんと言いつけは守るのよ。あんたももう大人だからわかると思うけど、『夜』の間は絶対に外に出ないこと。扉を叩《たた》く人がいても開けちゃだめ。それが人なのかどうか、わからないんだからね。とにかく『夜』は人間の時間じゃない。人間以外のものの時間なんだから、それをわきまえること。おしゃべりしたり、ふざけたりするくらいはいいけれど、度を超えてはだめよ。近所の方の迷惑にもなるし……」

「うんうん、わかってる」

母さんはなおもしつこく続ける。

「友達同士だとテンション上がっちゃうかもしれないけれど、外を探検なんかもっての外だからね。こないだも新聞に載ってたでしょ、また『夜』に飲まれた人が出たって」

「それ、新聞じゃなくて週刊誌だよ。気にすることないよ」

「だめ、あんたはすぐそうやって軽く見る。危険なのは間違いないんだから。とにかく気をつけるように、いいね」

「うん、大丈夫大丈夫！　じゃあまた明日《あした》ね」

僕がそう言うと、母さんは小さなため息をつきながら、電話を切った。受話器を戻しながら「まったくもう、本当に聞いているのかしら」とつぶやく母さんの姿が見えるようだった。


「アキラも許可出たか」

「うん、ばっちり」

スマートフォンをしまいながら言うと、キョウカはにやっと笑った。

「私も大丈夫」

エミが言う。メールだけで親との交渉をすませたらしい。残るはマサシだけだ。マサシは住宅の壁に寄りかかりながら、左耳を手で塞《ふさ》ぎ、右耳に古い機種の携帯電話を当てて何か話し続けていた。交渉が難航しているのかもしれない。

「キョウカ、これからどこに行くつもり？」

「あそこ」

キョウカがすっと指さしたのは、三鷹《みたか》山だった。山と言うよりは丘に近いのだが、このあたりでは一段高く、街を見下ろすように存在しているため三鷹山と呼ばれている。

「吉鷹《よしたか》神社に行きたいの。『夜』遊びするなら、絶対あそこがお勧めだってアネキが言ってた」

「へえ」

僕は三鷹山の中腹、森の中にすっと立っている吉鷹神社の鳥居を見つめる。

その向こう側で、太陽が赤々と光っていた。あと数十分もすればあの赤い陽は地平線の彼方《かなた》へ沈んでいくだろう。立ち並ぶビルは長い影を伸ばし、街は赤と黒の縞《しま》模様で塗られていく。赤い太陽は日中よりもずっと明るいように思えて、僕は目を細める。オレンジと黄が混ざり合った光線は、住宅の窓にぶつかると粒子になって砕け散る。きらきらきらきらきら、アスファルトも街路樹も電信柱も、輝いて見える。ひときわ明るい長方形は、太陽光発電パネルだろう。まるで「夜」の到来を歓迎しているみたいだ。ふと後ろの空を見れば、紫とダークブルーの雲が、どこからか滲《にじ》み出てきていた。

こんなにしっかりと夕方の街を見たのは久しぶりだ。綺麗《きれい》だなあ。子供の時は空をよく見ていたような気がするけれど、これほどの感動はなかったと思う。

僕は思わずため息をつく。

「どうしたの？　アキラ君、何だか嬉《うれ》しそう」

鈴を転がすような声。ひょい、と横からエミが顔を出す。

「え？　そ、そうかな」

「うん。今、笑顔で深呼吸してたよ」

僕の心臓は高鳴る。ふいをつかれて何を言ったらいいのかわからない。それに加えて、赤い光をバックに笑うエミはとても綺麗だった。焦げ茶の髪がまるで光ファイバーのように輝き、白い肌は傾いた陽を受けて切ないようなグラデーションを見せていた。

「いや、なんか幸せだなあと思ってさ……」

「何それー。おじいちゃんみたい」

歯を見せて笑うエミ。

僕も照れ笑いをする。

「よーしよくやった！　グッジョブ！」

テンションの高い声が聞こえた。振り返るとキョウカが、マサシの背中をばしばしと叩いていた。マサシが片手を掲げて笑う。どうやら全員、親の許可が得られたらしい。これで「夜」遊びの最後の準備が整った。

「そうと決まったらさっそく向かうぞ！」

キョウカが握りこぶしを突き上げる。

僕とマサシは再び荷物持ちだ。気が重くなりながらも、じゃんけんをする。

「アキラの負け。じゃ、アキラが食い物の方でいいよ」

マサシが言う。

「え？　いいのか？」

「うん。そのかわり、三鷹山の前で交替な。さすがにあそこの階段、飲み物持って上るのはきつい」

ちくしょう。


「うちの親、すごい心配しててさ。説得すんの大変だったよ」

僕とマサシは、吉鷹神社の境内でベンチに座っている。

「お前ん、とこも、か」

「うん。アキラの両親もそう？　あの世代の人たちって、みんなそうなのかな」

「かも、な」

僕は荒い息を落ち着かせながら言葉を返す。

「でも親たちはさ、普通に『夜』に出歩いてた世代だろ？　どうしてそんなに恐れるのかね。ちょっと不思議な感じ」

「まあ、そうだ、な」

きつかった。本当に。

大量の飲み物を抱えて吉鷹神社の階段をほとんどノンストップで上ったのだ。ハイペースで先導していくのはキョウカだが、彼女は荷物を持っていないのだから気楽なものだ。

文句の一つも言いたかったが、かえって息が苦しくなりそうで我慢した。

「うわーいい景色！」

「綺麗だね、夕方の街って」

女子二人は、のんきにはしゃいでいる。境内の端、展望台のようになっている場所があり、そこから街が一望できるらしい。僕もその景色を見てみたいが、少し休んでからにしよう。ハンカチを出して額《ち》の汗をぬぐう。

「アキラん家の親も、『夜』に人間じゃないものが徘徊《はいかい》しているとか、そういうこと言う？」

「うん……言うよ」

ようやく呼吸が落ち着いてきた。

「ナンセンスだよなあ。小さい頃に言うならわかるんだよ。悪いことをすると五時ババが出るって子供を叱るのさ。でも、この年になってまで言うかね普通」

「何その……五時ババって」

「アキラん家では言わないのか。うちでは言うんだよ、五時ババ。妖怪《ようかい》らしいんだけど。五時までに家に帰らないと出てきて、子供をさらうらしい。昔はずいぶんそれで脅されたよ」

「それってマサシの親が勝手に創作した妖怪なんじゃないの」

「かもな。そういえば宿題ジジとか、虫歯アクマとかもいたな」

「何だよそれ」

「宿題してないと出てくるのが宿題ジジ。虫歯アクマは、歯磨きをサボると出てくるらしい」

「それ、百パーセント創作だろ」

「そうだよなあ。まあ、迷信深い親だからな。困ったもんだ」

最初は「夜」遊びを一番不安がっていたくせに、ずいぶん吹っ切れたらしい。

「アキラ……お前、聞いたことある？『夜』は人を飲みこむって」

「週刊誌に載ってたやつでしょ。『夜』の間に、ホームレスが何人も行方不明になるっていう」

「ホームレスの話もあるのか。まあ、奴らは家がないもんな。でも、さっき親から聞いたのは違ったぞ。静岡の方で、一家全員が行方不明になったんだと」

「何それ」

「その家は借金を抱えてて、『夜』の間に逃げようとしたんだって。『夜』なら誰もいないし、見つからないと思ったんだろうな。でも父、母、そして三人の子供も含めて忽然《こつぜん》と消えてしまったそうだ。引っ越し先にもいない。もちろん、それまで住んでいた家にも。不思議なことに、家具とかは予定通り引っ越し先に届いているんだとさ。人間だけが消えた。つまり『夜』の間、家から家を移動する途中で……」

マサシは怪談話の「間」を作るように、一息置いて言う。

『夜』に飲まれた」

「本当なのそれ？」

「うちのオカンは、信頼できる人から聞いた話だって言うんだけどな」

「よくある怪談に似てるよ」

「いやいや、怪談にしてはできすぎてるって。それに、子供だけじゃなく、大人たちも噂してんだぜ。やっぱり『夜』には何かあるんだよ……」

僕はマサシの顔を見る。

ニヤニヤしているように見えて唇の端が引きつっていた。

親のせいにしていたけれど、本当はマサシが一番「夜」を怖がっているのかもしれない。

「お前、怖いの？」

僕がそう言うと、マサシは少し慌てる。

「な、何言ってんだよ。そうじゃないけどさ、ほら……気になるじゃん？」

「ふーん……」

「怖いって、お前。ばかじゃねーの」

マサシは困ったように笑うと、もう話しかけてこなくなった。

――こちら歌川市役所です。市民の皆様にお伝えいたします。「夜」まであと十分です。繰り返します。「夜」まであと十分です。「夜」までに帰宅するように心がけるとともに、「夜」間の外出は控えてください。また、「夜」間にトラブルが発生した際は、専用の緊急相談口までご一報ください。市民の皆様のご協力をお願いいたします――

「いよいよだね」

キョウカが少しだけ緊張した様子で言う。

僕たちは展望台であたりを眺めていた。「夜」は基本的に日没とともに始まる。ただ、東経百三十五度線での太陽時が全国の基準となるため、ここ東京では日没二十分後からが「夜」だ。

太陽はほぼ沈みきっていて、その姿はもはや見えない。西の空に最後の輝きと、黒く浮かび上がったビルが見えるだけだ。「昼」が終わる。僕たちが動き、黒板を眺め、仕事をし、音楽を聴いたり、本を読んだり、泣いたり笑ったり遊んだりする時間が終わる。これくらいの時間になると街は眠る準備に入っている。「夜」を受け入れるため、店は閉まり、交通機関は止まる。もう出歩いている人もほとんど見られない。

あとほんの少しで、「夜」だ。連続した時間の流れなのに、その性質ははっきりと変わる。僕たちはそれぞれに静かな興奮を感じながら、空を見つめていた。

ぴりりりり。

「何よもう、こんな時に」

キョウカが二つ折りの携帯電話を取り出す。

「もしもし。あ、アネキ？」

エミやマサシが心配そうにキョウカの表情を覗《のぞ》きこむ。

「あれ？　今家なの？　今日、アネキ外泊じゃなかったっけ。え？　あー彼氏と喧嘩《けんか》したの。あらま。うん、あたしは今吉鷹神社。アネキに教えてもらったとこ。うんうん……え？」

キョウカの眉《まゆ》がぴくりと動く。

「マジ？」

何か問題でもあったのか。キョウカと目が合う。親に嘘をついていることを改めて思い出して、僕の心に緊張が走る。

ぶるるるる。

そんな僕を叱りつけるように、スマートフォンが振動した。慌てて取り出す。電話は母さんからだった。

「アキラ？　あなた、今どこにいるの」

明らかに普段とは声色が違った。低く、落ち着いたトーン。おじいちゃんが亡くなった時、それを僕に静かに告げた時の母さんの声。

「あ、母さん……」

「さっきキョウカさんの家にお電話を入れたのよ。泊めていただくお礼をしなきゃと思って。そうしたら、お姉さんが出て。あなたも、他のお友達も来てはいないって……」

姉と電話を終えたキョウカが、僕の前で手を合わせてすまなそうな表情をしている。失敗した。念のため、キョウカの姉とも口裏を合わせておくべきだった。

「ご、ごめん」

「いいから。アキラ、今どこにいるの？　正直に言いなさい」

「吉鷹神社。学校の近くの。みんなで外で遊ぼうと思って」

母さんの有無を言わせぬ迫力に、僕は嘘をついても無駄だと諦《あきら》める。

「すぐ、帰ってきなさい」

完全に怒っている。まずい。

エミやマサシも僕を心配そうに見ている。

「でも、もうすぐ『夜』だから……電車も動かなくなるし」

「じゃあ、学校に行きなさい。で、学校に入ったら出口を塞《ふさ》いで、籠城《ろうじょう》してなんとか朝までしのぎなさい。もしくは駅なんかでもいい。とにかく閉じこもれる所へ。普通の家にかくまってもらえたらそれでもいいんだけど、『夜』になったらまずどこの家も扉を開けてくれないだろうからね。それから、何かあったらすぐに連絡しなさい」

「『夜』の間は電話通じないよ」

「ああ、そうだったわね。どうしたらいいのかしら。今から警察に連絡したら保護してくれるのかしら。もう、本当にあんたは全く。こんなに親を困らせて、心配かけて。だいたい親に嘘つくなんて、そんな風に育てた覚え……」

母さんがヒステリックな声を上げ始めた。と思った瞬間、がさがさと音がして電話の向こうの声が変わる。

「……父さんだ。アキラ、全くお前にも困ったもんだな」

奥でまだ、母さんがぶつぶつ言っているのが聞こえる。

「まあ、おれもお前くらいの頃は親の言いつけなんて聞かなかったからな」

ため息の音。

「……父さん」

「まあ、今更仕方ない。親に嘘をついたことはどうこう言わん。独立心の表れだと、おれは解釈しておく。ただな、自由な行動には必ず責任が伴う。これから『夜』が来る。きちんと無事に帰って来い。それが、責任を取るということだ。わかるな」

「……うん」

「おれの意見だが、歩いて家に帰って来るのがいいかもしれないな。数時間で辿《たど》り着ける距離のはずだ。おれは起きてるから、ドアは開けてやれる。大丈夫だ。ただ、『夜』は何が起こるかわからん。その場その場で、冷静に判断をしろ、いいな」

「うん、でも」

「何だ」

聞いていながら僕は反論したくてたまらなくなる。

「ちょっと大げさすぎじゃないの？」

「何がだ」

「父さんたちの反応だよ。だって『夜』なんて、ただ暗くなって、少し人々が活動しなくなるだけじゃないか。『夜』遊びしている奴らだっていっぱいいるし、家で蓄電池使ってゲームしてる奴だっている。そんなに危険じゃないと思うんだけどな」

なんだか僕、逆ギレしてるぞ。子供っぽい。そう思いながらも、僕は続けてしまう。

「『夜』に何かいるだとか、そんなのはただの迷信だと思うし。変質者や泥棒くらいはうろついているのかもしれないけど、僕も十六歳の健康な男なんだよ。一番元気な年代なんだから。ご飯も食ってない弱ったホームレスが変質者に襲われるならわかるけど、僕たちはね……」

「まあ、言いたいことはわかる」

父さんは僕の話を遮った。

「ただ、人が入り込まない場所、人が見ない場所には闇ができる。明るい暗いの闇じゃない。人間の認識の外だということだ。それはな、人間の世界にぽっかりと空いた穴みたいなもんだ。そういうところには、魔が棲《す》みついちまうのさ。『夜』になると、どこかで魔が目を覚ます。魔が眠りにつくと『朝』が来て、おれたちが起きだす。そうやって世界のバランスは保たれてるんだ。おれも昔はわからなかったが、最近は理解できる」

「そうかなあ。さっぱりわからないよ」

「とにかく、何があっても慌てず、最善を尽くせ。おれの子なんだから、できるだろ」

「でも……」

ピー。

突然機械音が響き、思わず僕はスマートフォンから耳を遠ざける。スピーカーからは無機質な人工音声が流れ出ていた。

「……ただいま『夜』のため、もしくは電話が圏外のため、通話はできません。『朝』になってから、もしくは電波の届く場所に移動してから、改めておかけ直しください。こちらはNTTです。ただいま『夜』のため、もしくは……」

僕は画面を見る。電波は圏外の表示になっていた。

「夜」が来たのだ。

――『夜』になると、どこかで魔が目を覚ます――

父さんまで、そんなことを。やっぱり心配しすぎだろ。僕は少しイライラしながらスマートフォンをポケットに戻した。

「大丈夫だったのか？」

心配そうに聞いたマサシに、僕は言う。

「学校に立てこもるか、歩いて帰って来いって言われた」

「マジかよ。完全にばれたんだな」

「……うん」

「ごめんねアキラ。あたしがちゃんとアネキに根回ししておかなかったばかりに……」

しゅんとするキョウカ。僕は意識して明るい声を出す。

「いや、それは仕方ないもの。まあ大丈夫だよ。うちの両親心配性だから、どのみちいつかバレてたと思う。むしろスッキリした気分」

「そ、そう？　それならいいんだけど……」

そうだ。それに、「夜」遊びくらいで、なんだかとんでもない間違いを犯したように言われるのはちょっと納得いかない。別に盗みをしたわけでもないし、人を傷つけたわけでもない。本当に神経質なんだから。

親の世代は理解がなさすぎる。そういえば僕が初めてゲームセンターに行った時も、物《もの》凄《すご》く怒られたっけ。

あんな電気を無駄遣いしてる、不良の掃きだめみたいな所に行くなんて。そんな子に育てた覚えないわよ。

母さんの甲高い声を今でも思い出せる。ゲームセンターにどれだけ偏見を持ってるんだか。母さんの中では、ギャングのような悪人がたむろしていて、麻薬のやり取りをしているようなイメージになっているのではないか。

僕はふんと鼻息を荒くする。

もう吹っ切れた。「夜」遊び、上等じゃないか。

「見て、みんな！」

エミの声が聞こえる。

「街が！」

眼下を指さしている。僕たちも展望台の端まで走り寄り、街を見下ろす。

日は没し、濃紺の世界の中にいくつもの白い光がまたたいている。上の方で小さく明滅するのは星。下の方で色とりどりに輝くのは家々の明かりだ。吉鷹神社は上下を星空に挟まれて、まるで宇宙空間に放り出されたように思える。

「あの緑色の、何だろう」

「たぶん信号機じゃないかな。ほら、黄色に変わった」

「綺麗《きれい》」

赤、青、緑、黄、白。人間の作り出した様々な光が、ある所では宝石を散らしたように、またある所では規則正しく列をなして存在している。赤が緑に変わったり、暗闇から白い光が生まれたり。目を細めると個々の光はぼやけて星状に広がり、複雑に混色する。宇宙の始まりを見ているような気分だ。

「あっ。消えた」

僕たちの眼前で、ある一画の光が全て消え、闇に包まれた。あの区画は東町だろう。信号機も含む全ての明かりが消失し、ぽっかりと暗い穴が空いたようになる。

その隣の区画。一つ挟んで向こう側の区画。地平線ぎりぎりの区画。数十秒のタイムラグを置いて、順々に明かりが消えていく。

「夜」の開始は経済産業省が日毎に設定していて、カレンダーにはその日の「夜」が何時からなのか必ず記載されている。しかしその時間に正確に電気が消えるわけではないことは、僕も知っていた。送電の都合なのか、それとも何らかの管理上の制約なのかはわからないが、ある程度の区画ごとに段階を踏んで電気が止められていく。

東町から生まれた暗黒の大穴は徐々に広がり、光っている部分は海に浮いた島のようになる。やがてそれさえも闇に没する。展望台からの景色は、黒々と染まった。

まだまぶたの裏に、街の光の残像が残っている。しかしそれもゆっくりと消えていく。暗い中とはいえ、さっきまでありありと見えていた街の姿は黒一色に変わってしまった。地球に存在する大地は、この三鷹山だけなのではないかと錯覚しそうになる。他の地面は全て地殻変動で沈んでしまった。深い深い暗黒の奥底に。

「すごい星空！」

キョウカの声で上を見る。

「うわっ」

思わず声が出てしまった。

天の川だ。あんなに星が密集していてよく狭くないなと思うほど、無数の星。

「……なるほど。だから、天の川って言うんだね」

誰からともなくそんな言葉。僕も頷《うなず》く。それはまさに川と表現するのがぴったりだった。天の川は銀河系を横から眺めた形になる部分らしいけれど、なるほどと思う。

地学の授業で習った星も見える。ベガ、アルタイル、デネブ。確かに一等星はひときわ明るいが、それ以外の星も十分に輝いている。空にこんなにたくさん星があったなんて。

まさに星降るような夜空だ。

「確かにここはお薦めスポットだわ。キョウカの姉ちゃん、大正解」

マサシがふうと息を吐いて言う。

「ほんとだねー。こうして見上げると全然違った感動があるね。あとでアネキにお礼言わなきゃ」

月は出ていないが、星々の光で明るいとすら感じられる。目が慣れてきたのか、街のシルエットが灰色に浮かびあがって見える。

街も眠りについている。

とても静かで、どこか神聖にすら感じられた。


「皆さん、飲み物の用意は良いですかあ？」

僕たちはそれぞれの飲み物を掲げる。

「それでは中間テストの成仏と、あたしたちの友情に！　そして、この綺麗な夜空にぃー、乾杯！」

お前はどこの宴会部長だ。やけに手慣れたキョウカの音頭で、僕たちは飲料缶を触れあわせてから、中身を喉《のど》に流し込む。

「くっはー。うめえ！」

げふっと食道の空気を抜きながら、口元の泡をぬぐうキョウカ。他三人がソフトドリンクなのに、一人だけビールときた。女子高生なのかおっさんなのかわからない。ひょっとしたら両方かもしれないが。

「ああ、たっぷり運動した後だから美味《うま》いなあ」

マサシが僕を見て笑う。確かにほてった体に炭酸飲料はしみる。

「これ、もっとキンキンに冷えてたら最高なのにねえ」

「キョウカ……お前、もう完全に発言がおっさんだな。仕方ないだろうよ、俺たちが買ったの閉店間際だったし。もう冷蔵庫のスイッチ切ってたんだろ」

「何でマサシはコンビニの肩を持つのさ。コンビニなら名前の通り、いつでもしっかり冷えたビールを提供するべきじゃね？」

「しょうがないだろ。夜間でも冷たいビール飲めるなんて、高級冷蔵庫持ってる金持ちくらいだって」

「庶民はアイスノンですか」

「庶民はアイスノンだよ。ちなみにうちはペットボトルで代用してる。要は昼の電気で冷やしておいて、夜の冷蔵力分を補えればいいわけじゃん。ペットボトル氷で十分役に立つ。ちょっと氷に塩かけるのがコツ。温度が下がるんだよね。エミたちもやってみなよ」

「あ、うちは蓄電式の冷蔵庫あるから……」

「え？　エミの家ってそうなの？　ひょっとしてエミってお金持ちの家の子？」

エミは苦笑いする。

「いや、うちは薬屋。でも薬って冷蔵保存が必要なものもあるから、お仕事上冷蔵庫を家に用意しておくしかないの。売り物にならなくなっちゃう」

「あーなるほどなあ。薬屋はスーパーやコンビニみたいに、その日売れる分だけしか仕入れない、ってわけにはいかないもんなあ」

「うん。でも凄《すご》い高い買い物だったって、お父さんが言ってた。最近薬の値段が高いのも、そういうコストが乗っかってるからなんだよ」

「基本、蓄電式と名のつくものはケタが一つか二つ違うもんねえ」

「ああ、庶民の涙ぐましい努力……」

マサシとキョウカがかわるがわる言う。

うちには仕事に関係なく蓄電式の冷蔵庫があるため、ちょっと気まずい。余計なことは言わないようにしよう。きっとキョウカやマサシの総攻撃に遭う。

「あーあ。あたし、自衛隊入りたいよ」

キョウカがため息をつく。

エミがきょろっと目を動かす。意味がわからなくて戸惑っているようだ。

「自衛隊は特指扱いだし、自家発電も持ってるからね。冷たい飲み物いつでも飲めるんだって」

僕が補足する。

「そんな理由で志願したら絶対落とされるだろ……」

マサシが呆《あき》れたように言った。


「でも本当に、『夜』って気持ちいいね。来て良かったよ」

エミがニコニコする。

「そうだなそうだな、想像より全然快適じゃないか。何で今まであんなに怖がってたんだろうって思うわ」

マサシがおつまみを口に運びながら言う。

「うんうん。だって昔の人は普通に『夜』中、出歩いてたわけだしね」

キョウカの発言に、僕も頷く。

「夜」制度が導入されたのは十九年前。それまでは夜であっても人々は普通に出歩き、営業している店も多数あったと言う。「今では考えられないけどね。私と父さんが初めてデートしたのも夜だったわ」懐かしそうに母さんは語ってくれたものだ。「夜」世代である僕たちには実感しにくいことだが、確かに昔の映画やアニメでは、そういったシーンが出てくる。

エネルギーショック。

二十年前に発生したその世界的大事件は、発電資源を主として輸入に頼っていたこの国に大変革をもたらした。第三次オイルショックによる石油価格の高騰に始まり、石油の不足分を補おうと需要が急増した結果、石炭、天然ガス、ウランなどの資源も大幅に高騰。価格が高いだけならまだ良かったが、中にはブロック経済に移行し、事実上の輸出禁止措置を取る国も出始める。火力発電と原子力発電で電力需要のほとんどを賄っていた日本は、あっという間に電力危機に陥った。

たび重なる節電要請、代替発電方法の模索、電力会社の悲鳴、公的資金投入。紆余《うよ》曲折を経て導入されたのが「夜」。日没から日の出までの時間を人間が積極的に活動しない時間と定義し、ほぼ全ての電力供給をストップする制度だった。

「夜」間は電灯をはじめとして、あらゆる生活家電は使用不可。電車は運行を停止、信号が機能しないため自動車の運転も基本的に禁止される。客が来ないため商店は営業せず、パソコンが使えないために企業も業務停止する。通信機器も基地局が止まっているためその役目を果たさない。人は何もせず眠るだけの時間としての「夜」の始まりだった。ずっと昔にもそういう時代があったのだから、復活と言えるのかもしれないが。

経済界を中心に猛反対があったそうだが、時の与党は「不便は国民全員で平等に負うべき」と主張し、目立った代替案も出されなかったため、国民の支持を得て「夜」は導入された。

——結果論ではありますが、あの時の政府の判断は正解だったと思いますね——

政経の教師、半田兵太郎《はんだへいたろう》はそう言っていた。

平時の判事。教師が教えてくれた「夜」導入後の想定外だった影響の語呂《ごろ》合わせだ。ヘイ、平均寿命の増大。ジ、自殺率減少。ハン、犯罪減少。ジ、事故減少。

——想定に反して、生活には良い影響が出たと言えます。労働時間が必然的に制限されることで、ストレス社会にブレーキがかかったんですな。規則正しい生活、早寝早起。遅くまで仕事し続けることはできないし、お付き合いの飲み会も不可能です。鬱病《うつびょう》や自殺は減る。無謀な飲酒運転も減りました。また、夜間は信号が消えますから、危なくて誰も運転しません。それがかえって用心になるんでしょうな、事故も減ったのです。同様に犯罪も減りました。プリントのグラフ5を見てください。警察の手が行き届きにくくなることで犯罪は増えると思われていましたが、特に窃盗などの軽犯罪がはっきりと減少しています。むしろ各家庭で用心するようになったためでしょう。もちろんGDPは減りましたし、それに伴って可処分所得も下降。さらにインフレ傾向は止まらず、以前より日本人は貧乏になりました。また、緊急の病人や火事の対応はやはり後手に回りがちで、それに関連する死亡者は増えてしまいました。しかし全体的に判断すれば、日本人は以前より健康な生活を手に入れたと言えるでしょうね——

僕は眠かった政経の授業を思い出す。半田の声はなんとも言えず睡眠を誘発するのだ。

　半田はきっと、僕たちがテストでちゃんと点が取れるように「平時の判事」などという語呂合わせを教えてくれたのだろう。彼の思惑と異なり、僕たちは半田の名前にかけて「ハンヘイジジイ」という語呂合わせを新しく考案し、そちらの方が広まってしまったが。結果として覚えたので、いいかもしれない。

「『夜』に普通に出歩いていた世代が、あたしたちより『夜』を怖がってるってのも何となく不思議な感じするよね」

　キョウカが言う。

「まあ、そうだよなあ。何でなんだろうな」

　マサシはスルメをくわえながら言う。それは僕も本当に不思議だった。大人たちの「夜」に対する恐怖の感じ方ときたら、異常としか思えない。ひょっとしたら過去の「華やかな夜」と、今の「誰も立ち入らない夜」のギャップが恐ろしいのかもしれない。

「年を取るとネガティブになるんじゃない？」

「かもな。でもさ、『夜』の間も遊べたってのはいいけど、『夜』の間も働いてたってのは凄いよな」

「まーそうだね。そういうの、『残業』って言うんだって」

「知ってるよ。テレビでよく言ってるじゃん。今の若者は『残業』を知らない世代だって。好きでこのタイミングで生まれてきたわけじゃないのに、変なカテゴライズしないでほしいよなあ」

「うんうん。それを言うなら、あんたらは『徴兵』を知らない世代だろっての。社会に出る前からそういうこと言われるの、嫌だよねー。何だかわかんないけど、批判されているような気分になる。しかも言い返しようがないし。生まれる前から決まってたんだから仕方ないだろっての。何だろこれ？　たとえるなら、トランプで勝ち逃げされたみたいな感じ？　ちょっと違うか」

「うん。微妙に違うぞ、それ……」

「でも海から資源を取る方法とか、研究されてるらしいじゃん？　それが実用化されたら『夜』制度もなくなって『残業』復活するかもね」

「あー。ウランを海水から抽出するってやつでしょ。新聞に載ってたなあ。でも『残業』復活はやめてほしい。あたし、八時間寝ないと生きていけないよ」

「キョウカ、寝すぎだって。授業中も寝てるくせに」

笑い声。

僕たちは買って来たものをそれぞれ自由に飲み食いしながら、大人への愚痴、クラスメイトの悪口なんかを好き勝手に喋《しゃべ》った。

楽しい時間だった。

闇が次第に濃くなっていくことには、誰も気づかなかった。

「えーと。あれ」

チョコクッキーをもう一つ食べたいと思って手を伸ばして、僕は気がついた。よく見えない。

すぐ目の前にお菓子類を広げてあるのだが、どれがチョコクッキーの箱だったかよくわからないのだ。黒い塊がいくつか存在していることだけ、かろうじてわかる。

ふと不安になり、あたりを見回す。エミ。マサシ。キョウカ。みんな？

「ちょっとアキラ、何キョドってんの」

キョウカの笑い声が聞こえる。ほっとする。すぐ近くにいるようだ。目をこらすと、キョウカらしい黒い影が見えた。

「なんか、暗くなってない？」

僕が言うと、みんなも気がついたようだった。

「あれ。確かに。さっきはもう少しはっきり見えたよね」

「もう日は沈んでるのに、これ以上暗くなるなんてありえんの？」

マサシの声に、僕も不思議に思う。しかし光量の低下は明らかだった。白黒映画のようにではあるが、くっきりと見えていた木々や神社の形がほとんど見えなくなっている。それらは深い黒色へと変化し、お互いに交ざり合って輪郭を曖昧《あいまい》にしていた。かろうじてキヨウカたちの判別はつくが、それも顔が見えるわけではない。背格好や仕草などからあれがマサシで、あれがエミだと判断しているだけのことだ。顔も体も、ほとんど黒い塊でしかなかった。

ほんの少し前は「夜」は意外と明るいと思っていたのに。太陽とはまた違った質感の星明かりで、照らされていたのに……。

星明かり？

僕は空を見上げる。

「あ、星が」

僕が指さすと、みんなも上を見た。

「うそ」

エミが息を呑《の》む。

あれだけあった星が、ほとんど姿を消していた。

地上と同じくらい濃厚な闇が、空に広がっている。

「え。なんで？」

「たぶん、雲が出てきたんだ」

天気予報を見ておくべきだった。空は隙間なく雲に覆われてしまっているようだ。ひょっとしたら、雨雲かもしれない。こんなに暗い中で雨なんか降ってきたら、困るぞ。

「雲って。おっと」

僕の近くにいた影が立ちあがってすぐ、転んだ。地面にわずかな振動が走る。

「マサシ、何やってんのよ」

「ってえ……。ちょっと段差があって躓《つまず》いちまった」

「もー。気をつけなよ」

キョウカはけらけらと笑っているが、僕は足元を見て不安になる。確かにこのあたりの地面はでこぼこしている。が、さっきまでは誰も転びはしなかった。地面の起伏が見えていたのだ。だが、今や地面は遠近感のない黒一色。かなり目をこらしても、その凹凸はほとんどわからない。下手したら、一歩先に崖《がけ》や大穴があったとしても、落ちるまで気がつかないかもしれない。

心の奥がどきんと震える。

すさまじい闇。

闇が襲いかかってくるわけではない。が、その奥に牙《きば》を隠し持ち、僕たちを取り囲んでいる。こちらから下手に動けば、食いちぎられる。そんな直感が僕の頭を走る。原始的な恐怖。

それはまさに、暴力的な暗さだった。

「これ、結構危ないな」

「マサシ、自分がこけたからって変なフォローしなくていいから」

「いやいや、本当にだよ。立ってちょっと歩いてみ。気を抜くとすぐこけそうになるって」

「そんなわけ……おっと、っと。いたっ」

笑いながら試してみたキョウカは、三歩も進まないうちにこけた。落としたのだろう、からからとアルミ缶が転がっていく音が聞こえる。

「あら。本当だ。マジ怖いこれ」

もっとも、彼女の足元がおぼつかない理由には暗さだけでなく、飲みすぎも考えられるが。

からからからから。

「もったいない。ビール、どっか行っちゃったわ」

「まだ結構入ってたんでしょ？」

エミの声。

「半分くらいかな」

「それ、何本目よ？」

「三本目」

「飲みすぎだって」

からから……。

「……」

思わず沈黙。規則的に転がっていた缶の音がふっと消えうせたのだ。

数秒の静寂の後、かつんと小さく何かが弾《はじ》けるような音がした。

「……何？　今の」

「たぶん、缶が落っこちて……どこかにぶつかった音だと思う」

僕は言う。

「落っこちるって、どこからよ」

「知らないよ、見えないもの。でも展望台の向こう側は崖になってるし、そこに転がっていったのかも」

僕は展望台の端を見る。崖の手前にロープが二重に張られている。この暗さでもその白いロープははっきりと見えて、僕は安心する。あのロープがなかったら誤って落ちるかもしれない。それでなくともロープの向こう側の柔らかい闇に、吸い寄せられそうな気分なのだ。

ひゅうと風が吹き、木々の枝葉を揺らしていく。がさがさと不規則に響くその音。まるで森が僕たちを威嚇しているかのように思えた。

かちりと音がして、僕の背後で光が走る。

「帰ろう」

マサシがハンドライトを手にしていた。かなり小さいもので、照らせる範囲は広くない。

それでも非常に眩《まぶ》しく感じられた。ハンドライトの光で、茶色い地面が浮かび上がる。なんだか懐かしい色だ。

「あれマサシ、用意いいね。それ、乾電池式のやつ？」

「うん。お袋が、用心のためにいつも持ってろってうるさくてさ」

「お母さん優しいねー。乾電池だけで五千円とかするっしょ」

「まあな。昔よりずっと高くなったって愚痴ってた。でも、持ってて良かったよ。電池は数時間しかもたないけど、帰るまでの役には立つと思う」

「帰るって、どこに」

「キョウカ、お前の家だよ」

「あたしの家？」

「ここから一番近いのってキョウカの家だろ。とにかくこう暗くちゃ危ないから退散して、そこで『夜』をしのごう。もともと両親にはキョウカの家で遊ぶって言ってあるんだから、そういう意味でも……」

「えー。やだやだ。せっかく面白くなってきたんだし、もっと外で遊びたいよ」

キョウカが駄々をこねる。

「そんなこと言ったって、こう暗くちゃ何もできないだろ」

「んなことないよ。怖い話したりとかできる」

「そんなの家でやればいいじゃないか」

「外でやるからいいんじゃん。ね、雲なんて待ってればまたすぐ晴れるよ。あわてることはないって」

呂律《ろれつ》の回らない舌でくっちゃべるキョウカ。これだから酔っ払いは困る。この暗さは確かに危険だし、もし雨が降ってきたら面倒だ。十分楽しんだし、そろそろ帰ったほうがいい。マサシに賛同しようと僕が口を開きかけたとき、妙な声が聞こえた。

キーーーーーー……。

甲高く、よく通る音。

それは生物の鳴き声なのか、それとももっと無機質な音なのか、判然としない。正体不明の音声。

突如、右腕を何かに摑《つか》まれる。温かい感触。驚いて見ると、不安そうな顔をしたエミが僕の腕を両手で包んでいた。

「……何の声？」

「動物かな」

「何の動物？」

「……わからない」

エミは黙り込む。不安を感じてか、マサシとキョウカもきょろきょろと周囲を見回している。僕は息を殺し、あたりの様子をうかがってみる。静かではあるが、決して無音ではない。虫の声や羽音。風の音。茂みががさがさと揺れる音はそこらじゅうから聞こえてくる。それが風のせいなのか、何かがそこにいるからなのかはわからない。

マサシのハンドライトは明るいが、その光があるために周囲がより広大な漆黒に感じられる。光を中心とした一定の範囲以外、全く何も見通せない。心細い。

「やっぱり、帰ったほうがいいんじゃないかな」

僕は口を開く。エミが僕の腕を握っている。僕がしっかりしなければ。

「うんうん。アキラもそう思うだろ」

「ちょっと、アキラ。あんたもマサシみたいな臆病風《おくびょうかぜ》に吹かれたわけ」

「いや、やっぱり危ないと思う。こういう森って動物がいる。コウモリくらいなら別にいいんだけど、野犬とかが出てきたら手に負えないだろ」

「うーん、まあ野犬はちょっと怖いかなあ……」

「ケガしたら大変だ。近くの病院は開いてないんだから。とりあえず山は下りてキョウカの家に向かおうよ」

「でも……」

「夜の街を歩くのも、普段と違った感じがして結構面白いと思うよ。キョウカも、いつもの帰り道が『夜』と『昼』とでどれくらい違うのか、ちょっと見てみたくないか？」

「それは……そうね」

キョウカが乗り気になってきた。声のトーンでわかる。

よし。キョウカを説得するなら、彼女の興味を引くように話すのが一番だ。

「外に出たかったら、一度家に荷物を置いてから、改めて外出したっていいわけだし。そのほうが身軽に動ける。どうせキョウカのご両親は今日はいないんでしょ？　どうとでもなるよ」

「確かにそうね。アキラ、ナイスアイデア」

キョウカは嬉々《きき》として立ちあがる。

決まった。マサシが小声で「アキラ、グッジョブ」と言う。僕はVサインで返す。

そうとなったらさっそく帰り支度をしなくては。ふと右腕を見る。まだエミがそこにくっついていた。目が合うと、エミはあわてて僕の手を離す。

「あ。ご……ごめん」

ようやくしがみついていることに気がついた、という感じだった。

ハンドライトを掲げるマサシを先頭に、僕たちは三鷹山を下山する。ゆるい傾斜の階段が続いているだけの道なのだが、昼間とは全く別物だった。人間は歩くとき、無意識に足をつく地面の勾配《こうばい》や高低差を計算し、心の「準備」をしているものらしい。視界が制限されている今は、その「準備」ができない。ほとんど一歩ごとに恐怖を感じる。想像よりも大きい段差、傾いている地面。足をつくたびにどきりと心が揺さぶられる。

ゆるやかとは言え山道だ。足を踏み外せば転落の危険もある。そして一たび崖《がけ》の奥に落ちてしまえば、この闇の中で見つけることは困難だろう。慎重に、一歩ずつ。ゆっくりと僕たちは進む。

あたりは静かで、ひどく広く感じられた。明るい時にこの道を歩いたことは何度もある。狭くて短く、何の感動もないつまらない道だった。しかし暗いと想像力を刺激されるからだろうか、どこまでも続く底知れない道のように思える。

僕たちは万が一にもはぐれないよう、前を進む人間の服を触りながら歩く。示し合わせたわけではなく、恐怖心から自然とそうしていた。マサシの服の端をキョウカがつかみ、キョウカが腰につけている飾りのベルトのようなものを僕がつかむ。後ろのエミは、僕の腕あたりを摑んでいた。その手は震えている。怖いらしい。僕は少し腕をたぐりよせると、エミの手を握る。一瞬、驚いたようにその手がこわばる。

大丈夫。すぐ帰れるよ。

僕は優しくその手を触ってやる。少し安心したように、エミが握り返してくる。その手は温かかった。

どれくらい闇の中を歩いただろう。

「七日市街道《なのかいち》だ」

マサシが言う。

山を抜けたのだ。足元の危うい山道は終わり、アスファルトの道路に変わる。安心して踏める地面だ。嬉《うれ》しくなり、思わず僕は地面を踏みならす。予想通りの平らな感触が返ってくる。ここまでくれば大丈夫だ。何となくそんな空気が広がり、僕たちはそれぞれに思い切り伸びをしたり、深呼吸したりする。

「いやー、一時はどうなるかと思ったよ」

マサシがほっと息をつく。

「何マサシ、あんたそんなに心配してたの？」

キョウカには相変わらず緊張感がない。

「いや正直、オレ不安だったよ？　だってあんなに暗いとは思わなかったもん。でもまあここからは道もわかりやすいし、街の中を歩くだけだから安全だよね」

「何言ってんの。安全なんてずっと前から安全よ。『夜』って言ったって、別に何が変わるってわけでもないんだし。平気、平気」

「うん。まあそうかもな。じゃあそろそろ行こうか。キョウカの家って七日市街道ぞい？」

「いや。駅前を通りぬけたほうが早い。だからちょっと行って右かな」

「オッケ。えーと、一応みんなそろってるよね」

マサシが指をさしながら頭数を勘定していく。

僕も無意識に、影を数える。

マサシとそのすぐ横にキョウカ、少し離れて僕、僕からさらに離れたガードレール脇に一人、その奥にもう一人。僕は腕に触れるものを感じてふっと横を見る。そこにはエミが立っていた。

おかしい。人影が多い。

ぞわり、鳥肌が立つ。

いつの間に増えたんだ。全く気がつかなかったぞ。

ガードレール脇にいる二人は誰だ。

マサシも気がついたのだろう、無言でそちらを見つめ、立ちつくしている。

そこに立っている人影。目をこらすが、こちらを向いているのか、背を向けているのかすらもわからない。黒い世界の中で黒い影は遠近感を失わせ、すごく近くにいるような気もすれば、遠くから近付いてくるようにも思える。

そもそも、あれは本当に人間なのか。人間の「形」をしているだけなんじゃないか。よく似ていても、その中身は人間とは全く違う何かなのでは。

僕の心の中で恐ろしげな想像が広がる。

声を出したら何か嫌なことが起きそうで、僕は口の中の唾を飲み込む。

沈黙は十秒以上、続いた。


「……誰だよ」

耐えきれず、声を上げたのはマサシだった。

「そこに立ってる奴ら、誰だよ？　おい？」

振り絞るような声とともにハンドライトを向ける。光の中、鮮明に人影が浮かび上がった。

「うお。まぶしっ」

二人が目を腕でかばうと、提げている機材がかしゃかしゃと音を立てた。

「何だ。スミオとタツヒコじゃん」

「……キョウカたちかよ。驚かすなよ」

「こっちの台詞《せりふ》だよ、全く……」

マサシがハンドライトを下ろすと、スミオたちは安心したようにふうと息を吐いた。どうやら暗闇の中で見知らぬ人影を見つけ、硬直していたのは二人も同じらしい。

「んで？　シニン見物とやらはうまくいったの？」

マサシが嫌悪感を隠さずに聞く。しかしスミオはそれには答えない。

「いや、それがさ。ちょっと……悪いんだけどそのライト、貸してくれない？」

「え？　ライト？　駄目だよ。一本しかないんだから」

「頼むよ。ちょっとユウヤの奴がさ」

スミオは困ったような声を出す。

「あれ？　そういえばユウヤ、どこいったの？　一緒だったんじゃ」

タツヒコとスミオは顔を見合わせて、言った。

「あいつ、いなくなっちゃったんだ」

「いなくなったって」

「変なんだよ。返事……ないんだ」

「どういうことだよ。最初から説明しろよ」

マサシが苛立《いらだ》ちつつ促す。

それに対しスミオは、さらに強い口調で言った。

「いいから。ライト貸せないなら、ちょっと一緒に来てくれよ。歩きながら説明するってすの。マジで頼む」

「ちょっと、おい……」

スミオはマサシの腕を摑《つか》むと、半ば強引に歩き出した。

「藤崎台についてから、しばらくはどうということもなかったんだけどさ。来たんだよ。ガチで」

「来たって何がだよ。おいスミオ、痛いって。離せよ」

「決まってんだろ、自殺志願者だよ」

「うえっ？」

僕たちは驚く。まさか本当に自殺志願者が来るなんて。

「でも、なんか変でさ……。暗い中ふらふら歩いてんだ。若い女だった。足元おぼつかない感じだったな。きっと死に場所を探してんだってユウヤは言ってたけど、俺はちょっと怖かった。何ていうか、幽霊みたいでさ。生きてんのか死んでんのか曖昧《あいまい》って意味では、自殺志願者も幽霊も同じなのかもしんねーけど」

「ちょっとちょっと、なんであたしたちも行かなくちゃいけないわけ？」

キョウカが声を上げる。

「んなこと言ったって、スミオが袖《そで》離してくれないし……ほっとくわけにもいかないだろ」

「ったく、このお人よし！」

仕方なく僕たちはスミオに続く形で、藤崎台へと早足で進む。

「わりいな。ユウヤが見つかったら、帰っていいからさ。そんで……その幽霊みたいな女を尾行してみたんだ。見つからないように」

「そんで、自殺する決定的な瞬間を見物しようとしてたってわけ？　本当、悪趣味だね。その前に止めろってーの」

　キョウカの罵声《ばせい》がスミオに飛ぶ。スミオはばつの悪そうな顔をしながら答える。

「まあ……そうなんだけどよ。でも、結局自殺する瞬間は見られなかったんだ。女を見失っちゃってさ。あのへん茂みも木も凄《すご》く多くて、遮蔽《しゃへい》物だらけなんだ。三人いるからって少し油断もしてたし。一度見失ったらもう、どっちにいるのかさっぱり……」

　うんうんとタツヒコが頷《うなず》いてみせる。

「そうしたらユウヤの奴が、『ちょっと見てくる』なんて言っちゃってさ。一人でずんずん進んでっちゃった。それから待っても待っても、帰ってこなくて。俺たち、だんだん不安になってきてさ」

「迷ってんじゃないの？」

「何度も大声で呼びかけたんだよ。でも何の返事もねーんだ。迷ってるとしたって返事くらいするはずだろ？　何か事故でもあったのかって、怖くてさ」

　僕はため息をつく。自殺死体を見に行きたいなんて言っていたくせに、随分簡単に怖くなるんだな。それくらいの覚悟なら、最初から行かなければいいのに。

　キョウカも同じ気持ちだったのだろう、嫌味っぽくスミオに言う。

「あのさー。あんたら暗視装置まで持ってるのに、自分たちで探せないわけ？　どんだけお子様？」

「キョウカは素人だからそういうことを言うんだよ。暗視装置を使えば確かに暗所の視界は確保できる。でもな、木々があまりに多すぎて見通しが利かねーんだ。ライトでもないと、ちょっと探せない。それにライトなら、向こうからでもこちらの位置がわかるから、合流はしやすいはずだし……」

「あーはいはい。もうわかったよう。どうせあたしは素人ですよ。でもあんたらはお子様っしょ。暗視装置だか何だか持った程度で、大人になったと勘違いしてるお子様」

「……」

酔っ払いモードのキョウカと言い争うのは無謀だと悟ったのか、スミオは黙り込んでしまった。

「藤崎台には、ここから上るんだ」

ある程度進んだ先で、スミオが道路の脇を指さした。

そこには細く、舗装されていない上り坂がある。先ほど下ってきた吉鷹神社までの参道に似た道だ。それも多少は整備された参道とは違い、どちらかと言えば獣道に近い。そして、先に見えるのは深い森である。また暗い中、怖い思いをして進まなくてはならないのか。正直僕たちはうんざりする。

「こんな中で迷子になったら、そう簡単には見つからないよな」

マサシがため息混じりに言う。

「ユウヤの奴も馬鹿じゃないから、はぐれたとわかったら出口の方に向かってきていると
は思うんだけどなあ……」

スミオは暗視装置のついた双眼鏡を構えてあたりを見回している。その姿は露骨に変質
者っぽい。

「ダメだ、見あたらねえ。やっぱり中に入って探すしかないか……」

「あ、あたしパスね」

キョウカがダルそうに言い放つ。

「これ以上足元の悪い所歩きたくないもん。あたしここで待ってる」

「確かに女の子は危ないからやめた方がいいかもな」

マサシも頷いた。

「うんうん。3Kな作業は任せるよ。暗い、怖い、転びそう、の3Kね。ね、エミ。あた
したちはここで待ってよ」

キョウカがエミの腕をつかみ、引き寄せる。エミは少し不安そうな顔で僕を見た。

「んじゃ、二人はここで待機ってことで。オレたちだけで行くぞ。……そうだな……」

マサシは腕時計をライトにかざす。

「二十分探して見つからなかったら、戻ってくる」

「わかった。せいぜい頑張っといでー」

「気をつけてね……」

お気楽な感じのキョウカと、心配そうなエミに見送られながら、僕たちは砂利が敷き詰められた道を進みだした。

藤崎台は三鷹山と対をなす高台である。神社のある三鷹山と違い、藤崎台にあるのは森ばかりであるため、「夜」はおろか昼であっても人気のない場所だった。それを利用したゴミの不法投棄や、不良の喫煙が問題になったこともある。足を踏み入れるのは、初めての経験だった。

正直に言って、僕は少しわくわくしていた。

恐怖の感情は持続しない。何人ものクラスメイトと一緒にいると不安も和らぐ。暗さにも何となく慣れてきている。「夜」の藤崎台を半ば探検でもするような気分で歩くのはなかなか楽しかった。

時々前を歩くマサシの靴を蹴《け》ってしまったり、軽く小突きあったり。女の子の前でこそ頼れる男を演じていたが、男同士になってしまうともう駄目だ。

「ちょっとこの辺でションベンしていい？」

「やめとけよ。大事なとこ蚊に刺されるぞ」

「刺される暇もないくらいソッコーでやればどうかな」

僕はスミオやタツヒコと軽口を飛ばしながら、歩いていた。もっとも、マサシだけは本当に怖がっているようだったが……。

行けども行けども森。マサシがライトを振るのに合わせて、明るい円が左右に移動する。円内に緑の世界が描き出されて、残像を残して闇に戻っていく。鮮やかな光を恐れてか、それとも興味を抱いてか、虫がかさかさと音を立てた。

夜の森林は爽快《そうかい》だった。生い茂る葉がそれぞれに湿った空気を吐き出しているよう。生温かく、それでいて涼しい。心地よい夜の風に揺られながら、僕は思いっきり深呼吸をした。

そんな時、唐突にそれは現れた。

ユウヤの頭部である。

何の前触れもなく、木の根元に置かれていたのだ。

全員が数秒、固まった。

「……え？」

マサシはライトの光をユウヤに当てたまま、呆然《ぼうぜん》と立ちすくむ。

「ははっ……」

スミオが乾いた笑い声を立てる。何となくその気持ちがわかった。それは本当に何かの冗談のようだったのだ。あまりに想像を絶する光景に、口元が緩むのを感じる。理解できないものに相対した時、ほんのわずかな笑いがこぼれることを僕は初めて知った。

ユウヤも笑っていた。

その生首は、目を半開きにして、斜め上を向き、かすかに微笑んでいた。夕方、キョウカに憎まれ口をきいていたユウヤに間違いない。しかしその髪の毛は汗と泥にまみれ、唇には黒い血液のようなものが付着している。切断されているのであろう面を下にしてちょこんと置かれているので、まるで土中からユウヤが生えているようだ。

そう、まるで奇妙なキノコのように……。

ふらふらとマサシがよろめく。

貧血でも起こしたらしい。僕はとっさにマサシの体を両腕で支える。ずしりと長身のマサシの体重が僕にかかる。マサシの指から力が抜け、握られていたハンドライトが地面に落ちた。腐葉土の上でライトは柔らかな音を立て、明るい円がさらに手前を照らし出した。

「うわあああああ！」

悲鳴を上げたのはタツヒコだった。

背筋にぞっと冷たいものが走り抜ける。ユウヤの生首の手前。そこには、人間の体が整然と置かれていた。腕二本、足二本、胴体一つ。プラモの部品でも並べるかのように、分断されたパーツが、規則正しく。

脇にはご丁寧にも畳まれた服が置かれており、その上にちょこんと運動靴が載っている。そばには私物らしき財布やら、ボールペン程度の大きさの機材もあった。

「ユウヤの靴だ！　ユウヤの靴だよ、これええええ！」

尻《しり》もちをつき、後ずさりするタツヒコ。そのタツヒコに寄りそうようにして、スミオが青ざめている。

「落ち着け……落ち着けって」

僕の声も震えている。気づけば、奥歯がかたかたと音を立てていた。

ユウヤは死んだ。

どうして？

ついさっきまで生きていて、話していて、歩いていたユウヤが。

ユウヤが「夜」に吸い込まれ、その深い闇の中で四肢を分断されて、今目の前に並べられている。「夜」の黒い空気には人間のつなぎ目を溶かしてしまう成分でも含まれているのだろうか。

まさかこの空間に長くいたら、僕たちも……？

パンパン。

大きな音が響く。マサシが自分の頬を叩《たた》いた音だった。

「やば、やばい、やばい。逃げなきゃ。逃げなきゃ。これやばい、絶対やばい！」

マサシも震えながらではあるが、何とか冷静に考えようとしているようだ。

「どう見たってこれ、殺人だろ。バラバラ殺人だ。人殺しだ。警察、あ、警察は今はダメか、だったら、えーと。えーと。とにかくここから離れないと、おいアキラ、そうだよな。あってるよな？」

僕は頷《うなず》く。

そうだ。

「夜」の空気が人体を溶かすなんてことがあるわけがない。これは殺人だ。事件だ。僕のクラスメイトは事件に巻き込まれてしまったんだ。落ち着け。犯人はまだどこかに潜んでいるはず。逃げなくては。口封じに、僕たちまで……。

「うわ、うわ、うわあああああ」

タツヒコが大声を上げながら逃げ出した。

転がるように、という表現がぴったりだった。走っては転び、転んでは起き上がりして離れていく。それは四足の動物が全力で逃げるのに似ていた。

「おいタツヒコ！　待てよ！」

マサシやスミオも走り出す。

僕も行かなくては。しかし、足が動かない。しびれたように力が入らないのだ。恐怖のあまり脱力してしまったのか？　みんなの姿が遠ざかっていく。やばいぞ、こんなところに一人置いていかれたら……。

僕は太腿《ふともも》を押さえて叩いてみる。立つことはできるのだが、力が入らない。地面を蹴って走り出すことができない。

あたりの木々ががさがさと音を立てる。すぐそばに殺人鬼が潜んでいて、僕の隙をうかがっているのかもしれない。ユウヤのいたあたりを振り向く。黒いシルエットにすぎないが、くっきりとバラバラになったユウヤの姿がわかる。

「アキラ。待ってくれよ」

今にもそんなことを言い出しそうで、恐ろしい。

焦りで息を荒くしながら、何とか一歩前に出る。体の重心が前にずれ、倒れこみそうになる。まずい、転倒するぞ。体を支えようともう一歩が前に出る。よし。足の感覚は鈍いが、何とか走れるぞ。もう一歩。もう一歩。慌てるな。ゆっくり、そして少しずつ早く……。

前を見る。

もうタツヒコの姿は見えない。ライトを持つマサシの背中がかろうじてわかった。急げ。

腰が抜けたようになりながらも、僕は必死でマサシたちを追って走った。

無我夢中で走った。


荒い砂利道を抜け、七日市街道に出る。

エミの顔を見た途端、心底ほっとした。

飛び出すように小道から出る。アスファルトの硬い感触が靴底を伝わってきた。もう大丈夫だ。息が切れる。下を向いてあえぐ僕の背中をエミが優しくさすってくれた。

「血相変えて、どうしたってわけ？」

「だから言ってんだろ？　人殺しだよ！」

「はあ？　酔っ払ってんじゃないの？」

「それはお前だろ！」

言い合いをしているのはキョウカとマサシだ。

そのそばにへたり込んでいるのはスミオのようだ。

「全員、見たんだ！　ユウヤがバラバラにされてるのをよ！　急いで逃げなきゃ、そんで、そんで……警察に！」

「……」

マサシの剣幕に、キョウカもただ事ではないと思ったらしい。確認のため僕の方をちらりと見た。僕はそれに頷く。

「間違いない。殺されてた。僕も信じられないけど……本当なんだ」

「どうして？　どうして……ユウヤ君が？　誰に？」

エミが僕のそばで言う。

「どうしてもこうしてもないよ。そんなのわかるわけねーだろ。とにかくここを離れるべきだ。キョウカ、お前が信じないならそれでもいいよ。お前はここにいればいいさ。俺は逃げるかんな。殺されるのはごめんだ」

スミオも声を荒げた。

「……わかったって。ごめん」

キョウカはやや不満そうに頷く。

「でもマサシ、逃げるって、どこへ？」

「おめーの家だよ。歌川の駅前を通って、キョウカの家に避難しよう。とにかく森は危険すぎる。人家の近くを行こう」

「えー、あたしの家？　って、スミオもくんの？　収容人数オーバーだよ。せまっ」

「そんなこと言ってる場合じゃないだろ……あれ？」

「どうしたの、マサシ？」

「タツヒコは？」

「……え?」

「タツヒコが、先に逃げてったはずなんだけど。来なかった?」

「あんたらと一緒じゃなかったの?」

「いや、一緒だったよ。一緒に逃げて……」

僕たちはそれぞれに、あたりを見回した。

タツヒコの姿はどこにも見あたらなかった。


「あいつまさか、迷ったんじゃねえの」

スミオが吐き捨てるように言う。

「方向音痴だからな、タツヒコ……」

確かにタツヒコはかなり動揺していた。無茶苦茶に走った結果、僕たちとは全然違う方向に行ってしまったのだろうか。

「一人でこんな暗い中ってやばくないか?」

マサシが不安そうに言う。

「うん……しかもあいつ、ライトとか何も持ってないぞ。暗視装置も俺とユウヤの分しかないんだ。タツヒコはでっかいカメラ一個だけでさ」

「スマホとかは?」

僕が言うと、ため息をつく。

「あいつが持ってるわけないだろ。古い二つ折りの携帯電話すら買えないんだ。金持ちのお前と一緒にすんな」

「どうするんだよ。放っておくわけにも」

「……」

スミオは困ったような顔で僕らを見る。迷子になったタツヒコを助けるために、もう一度森の中に入って行く気にはなれない。誰も口にはしなかったが、その気持ちは同じだった。

「……もう少し行けば、家がある」

マサシの言葉で全員が理解する。

「相談して、助けてもらおう」

大人に力を借りようと言うのだ。

それはいかにも格好悪いことだった。

「夜」遊びした結果大変な目に遭い、結局逃げ帰って来た……。背伸びしてみたものの力及ばなかった子供、そのものではないか。だけど、もうそんなこと言ってもいられない。

悔しいけれど僕たちではどうしようもないのだ。

大人と、大人たちが作り上げた社会の力を借りるしか……。

反論する者はいなかった。キョウカだけが少し頬を膨らませたが、マサシに促されると仕方ない、といった感じで歩き出した。

七日市街道を進んで行くと住宅街になる。お金持ちの家が多いのか、大きな家がいくつも並んでいる。明かりが灯《とも》っている家は一つもない。「夜」だから当然なのだが。それでも森の中よりはずっと安心できる空間だ。

「みんな寝てるんじゃないかな」

エミが不安そうな声を出す。

「そりゃ寝てるだろうけどさ。申し訳ないけれど起きてもらうしかないよ」

マサシが言う。

「アキラ、その家とかどうかな」

マサシに促され、僕は手近な家に近づいてインターホンを押した。

かちかち。

何度かプラスチック同士がぶつかり合う音を聞いて気がつく。そうか、「夜」の間はインターホンもダメか。普段当たり前のように使っている物も、電気を使っているのだと改めて感じる。

こうなったら直接扉を叩《たた》くしかない。さすがに少し躊躇《ちゅうちょ》する。

「アキラ君……」

　エミの声を聞いて、自分を奮い立たせる。

　おそるおそる金属製の門を引き、敷地内に入った。マサシたちは門の外で様子をうかがっている。僕の足音だけがあたりに響く。

　何だか静かで気味が悪い。今思えば、森の方がまだ物音があった。風の音、木々の音、虫の音……。しかしここはしんと静まり返っている。僕が門を動かしたり、歩いたりしなければ……きっといつまでも静まり返っているのだ。

　ごん。

　ぶ厚そうな木の扉を握りこぶしで叩いてみる。

「すみません。誰かいませんか」

　ごんごん。

「夜分遅くにすみません！　困ってるんです。友達が……その、事件に巻き込まれたみたいなんです！」

　叩きながら僕は声を張り上げる。きっと迷惑だろうな。怒鳴りつけられたっておかしくない。覚悟しながら続ける。

「すみません。お願いです、助けてください！　一緒に友達を探してもらえませんか。すみません！」

五分くらいそうしていただろうか。さすがに少し疲れて、僕は手を下ろす。誰もいないのだろうか？　それともぐっすり眠っていて気づかないのだろうか。途方に暮れる僕。

「アキラ君」

エミが近づいてくる。

「ひょっとしたら、留守なんじゃないかな」

「でも……」

その時かすかな物音が聞こえた。

僕は扉に耳を張り付ける。

間違いない、音が聞こえる。一定のリズムで近づいてくる。足音のようだ。家の中で誰かが起き出して歩いているのだ。エミにも聞こえたのだろう、無言で僕の顔を見つめて頷《うなず》く。

僕は扉から少し離れ、それが開くのを待つ。中から不安そうな顔の人が出てきたら、どう説明するか頭の中でシミュレーションしながら。助けてもらったらその後どうなるのだろう。やっぱり学校には連絡が行くだろうな。そしてしこたま怒られる。まあ、それも仕方ないか……。

僕はすっかり何もかもが解決した気持ちでいた。

しかし、目の前の扉はいつまでたっても開かなかった。

僕は耳を澄ます。さっきまで聞こえていた足音は、かなり近くまで来たが、消えてしまった。きっとすぐそこに人がいるはずだ。扉一枚はさんだ向こう側に、人が。

「遅くにすみません！　事件なんです。殺人かもしれないんです。助けてください」

僕はもう一度呼び掛ける。しかし何の反応もない。どうして開けてくれないんだ。そこにいるはずなのに。

「……」

僕は絶句する。

扉に据え付けられた覗《のぞ》き穴。その向こう側にかすかな揺らぎを感じた。直感する。見られているのだ。あの丸い穴から、僕とエミの姿をじっと見つめている。僕の声に応答もせず、かといって存在を無視もせず、ただ警戒して……。

エミが息を呑《の》み、僕の腕にしがみつく。その気持ちが僕にもよくわかる。

恐ろしかった。

怒鳴られたりするのは、まだマシなんだ。それはこちらを人間扱いしてくれているということ。仲間として受け入れているということ。しかし、覗き穴の向こう側にはそれがない。存在するのは完全な拒絶だけだ。

「夜」間に訪問者があった時の両親の様子が思い出される。

深夜、突然打ち鳴らされるドア。寝室で、母さんは電池式の常夜灯を消した。どうして明かりを消す必要があるのか、聞かなくてもわかった。中に人がいると、相手に悟られたくないからだ。母さんは僕を抱きかかえるようにして部屋の隅に座り込む。父さんは足音を忍ばせながら窓に寄り、様子をうかがう。外に来ているもの。それは招かれざる者。

ひょっとしたら、ただ道に迷っている人かもしれない。隣の人が家を間違えたのかもしれない。ちょっと何か些細《ささい》なもの、たとえば醬油《しょうゆ》だとか風邪薬だとか、そんなものを借りに来た人なのかもしれない。

しかし……もし万が一、危険なものだったら。無害を装った、悪意あるものだったとしたら。その可能性が少しでもある限り、ドアを開けるわけにはいかない。心苦しいが、家には小さい子供もいる。守るべきものがある。他の家に行ってくれ。もっと優しい……と言うかお人よしな人間がいる、他の家に。

「昼」に来てくれればいいのだ。「昼」に来てくれれば、何の心配もなくドアを開け、協力するのに。そもそも人間は「夜」は出歩かないことに決まっている。社会全体がそのルールで動いている。だからそのルールに従って生きた方がうまくいくように出来ている。あえてそれを破り、「夜」に行動している者には……それだけの「得」……何らかの企《たくら》みがあると見なされてもおかしくない。それが理性的な判断というものだ。悪意が全くないのに警戒されることもあるだろうが、それは自己責任ではないか。

あの日、両親の発していた感情。そして今、僕と扉を挟んで向こう側にいる人間が発している感情。二つがシンクロして、表と裏、両方から世界を見たような気分になり、そしてその気持ちが痛いほどよくわかり……膝《ひざ》の力が抜けて、僕はよろめく。

「大丈夫？」

エミが慌てて僕を支える。

「うん。ごめん……ちょっと、目まいがして」

中途半端な嘘をついてごまかす。

扉の向こうには間違いなく人がいる。その人は昼間はそれなりに優しく、それなりに親切な、常識的な人物なのだろう。だからこそ彼は起きてきて、覗き穴のところまで来てくれた。しかし彼の親切心が、その不安を上回ることは決してない。だから扉も永遠に開きはしないだろう。開かない扉は、壁と同じだ。僕とその人の間には絶対的な壁がそびえたっている。その人は心の中で思っている、どこか他の所に行ってくれと……。

「少し、びっくりしちゃって」

「……？　びっくり？」

今までこんなにはっきりと、他者との壁を感じたことはない。

「頼んだらなんとかなると、思っていたから」

「……うん」

エミが僕の背中をさすってくれる。僕はなんとか足に力を入れて踏ん張った。そしてエミと寄り添うように歩き、家を後にする。背中に住人の安堵《あんど》の混じった視線を感じながら。

僕は不安そうにしているマサシに言う。

「ダメだった」

「ダメって……？」

「……とにかく、ダメだった。開けてくれないんだ」

「……そうか……」

それから僕たちは何軒かを回ったが、どの家の扉も開くことはなかった。


キーーーーー……。

しんとした街に、動物のような声が時折響いている。

マサシが言う。

「おい……もうすぐ駅についちゃうよ」

僕たちはもう民家の扉を叩《たた》こうとすらしなくなっていた。拒絶されることに疲れて、ただふらふらと歩き続けるだけだった。次第に町並みは住宅街から商店街へと変わり、デパートなどが見えてきた。

正面に見える大きな交差点を右に入って少し歩けば、歌川駅だ。

街は真っ暗。信号もついていない。

車も自転車も人影もない街を僕たちだけが歩いている。道路の真ん中を歩いたって誰も文句を言わない。それどころかそこらの壁に落書きしまくったって、あたり一面ゴミをまき散らしたって、何も起こらないだろう。

「まるで廃墟《はいきょ》みたいだね」

誰からともなくそんな言葉が出た。

僕は何となく頷きながらも、少し違うと思った。

廃墟ならまだいい。人が消え去って、ゆっくりと朽ちていく街。自然と人工の境目に存在していて、自然の豊かさと人工の懐かしさを半分ずつたたえた世界。それはそれで恐ろしいけれど、どこか美しさもある。

「夜」の街はそれ以下だ。

看板や店先は綺麗《きれい》で、よく整備されている。きっと「昼」間に人が手を加えているのだろう。この街は廃墟の振りをしているだけなのだ。「昼」になればまた人々が行き交い、生き生きとした姿を取り戻す。「夜」になれば人影は消え、かすかに余韻のような体温だけが残る……。

ついさっきまで人がいた気配があるのに、どこを探しても見つからない。唐突にこの世から人という存在だけを消し去ってしまったかのような空間。そんな不気味さが僕を震わせる。生温かい違和感。

その違和感に押し包まれて、すっかり僕たちは無言になってしまっていた。

マサシとスミオは口を閉じたままだらだらと歩き続けている。エミは僕のそばにくっつきながら、下を向いている。唯一元気がありそうなのはキョウカだったが、さすがにこの重い空気を打開する力はないらしい。きょろきょろとあたりを見回しながら、のんびりとついてきていた。

そのキョウカが口を開いた。

「ん？　なんか聞こえない？」

「雨？」

僕たちは立ち止まる。

キョウカは耳に手を当て、おおげさに首を傾げてみせる。

「そういえば、何か聞こえるな。……水を流すような……音」

スミオも言う。

確かにびしゃびしゃと、水まきのような音が聞こえた。

「こんな時間に水まきっておかしくないか……？」

自然とひそひそ声になる。音は交差点の奥の方から聞こえてくるようだ。嫌な予感がしたのか、マサシはハンドライトを消した。

「掃除の業者とかじゃないの？　『昼』間だと道路の掃除できないじゃん。だから特別に『夜』間に掃除してるとかさ。あ、ならその人たちに助けてもらえばいいんじゃね？」

　キョウカは相変わらずお気楽ムードだ。走り出そうとするキョウカを、マサシが引きとめる。

「いやちょっと待てって。何か変だって。様子を見てからにしようぜ」

「様子を見るも何も、明らかに掃除業者じゃん……」

　キョウカの言う通りだった。

　近づくにつれ、いくつかの人影が見えてくる。三、四人くらいはいるだろうか。駅前の通りと七日市街道が交差するT字路の真ん中あたりで、円を描くように中心を向いて並んでいた。ばしゃばしゃとホースで水を撒《ま》く者、デッキブラシやモップでアスファルトをごしごしやっている者、作業の工程を眺めて時々指示を出している者……。

　掃除の業者。それ以外に何だと言うのだろうか。

「だけど今、『夜』だよ……」

　エミが震える声で言う。

「掃除業者だって、『夜』に活動するわけがないよ。そんな仕事やりたがる人、いるわけないもん……」

「エミの言うとおりだよ。そもそもあれ、何を掃除してるんだ？」

「マサシくーん。キミは疑心暗鬼になりすぎだよ。そんなの、直接聞いてみればいいだけの話じゃん。ま、どうせ酔っ払いのゲロとか……下らないものでしょ」

キョウカがへらへらと笑いながらのんびりと歩き出した。

「おい、ちょっと、キョウカ……待てって」

「すいませーん。あたしのゲロも掃除してくださーい！」

「……バカ！」

掃除業者らしき影までは五十メートルくらいだろうか。

声が届くんじゃないか。まずい。

気づかれてはならない。そんな直感が僕の中を走り抜けて行った。

あれは何か危険だ。人間じゃないような気が……する。

影は僕たちに背を向けているようだが、次の瞬間こちらに振り返ってもおかしくない。

そう、僕がこんなことを考えている間にも……。

「ぐふっ」

突然、横の自転車屋から黒い影が飛び出してきた。驚く暇もない。すっかり前方の人影たちに注目していたので、完全に不意をつかれた。止める間もなく、その影はキョウカの顔あたりに向けて腕を伸ばす。その手の先端が……キョウカの首筋に刺さったように見えた。

キョウカはむせるような声を立てながら、道路に崩れ落ちた。

その人影もキョウカの体にのしかかるように、道路に倒れる。ふわりと髪の毛が揺れるのが見えた。女性だ。

「お、おいお前……」

動揺しながらも、マサシが構える。

「……声を出さないで」

人影が震える声で言った。

「あいつらに見つかる」

「んぐぐ」

人影はキョウカを攻撃したわけではないようだった。その手はキョウカの口をしっかりと押さえ、ただ声を封じている。キョウカは不快そうにもごもごと口を動かしていた。

その女性に敵意がないことはすぐにわかった。暗い中でもはっきりとわかるくらい、女性は号泣していたのだ。まぶたは腫《は》れ、溢《あふ》れる涙はぽろぽろと垂れて服を濡《ぬ》らしている。

そのただ事でない雰囲気に、僕たちは固まる。

「隠れて」

女性はキョウカを起こし、自分も立ち上がる。

「急いで！」

おろおろする僕たちを急《せ》かすと、女性は自ら自転車屋の脇を通る細い道に走り込んだ。

僕とエミは一瞬顔を見合わせるが、すぐに女性に続いて走り出した。

女性は自転車屋の壁で自らの姿を隠しながら、T字路の方をうかがう。掃除をしている人影たちに動きはない。

女性は安心したのか、ふうと息を吐いた。

「……見つからなかったみたい」

ずっと口を押さえられていたキョウカが、女性の肩あたりを叩《たた》く。

「……あ。ごめん」

女性はキョウカの口から手を離す。そして付着したキョウカの唾液《だえき》を見て顔をしかめると、自転車屋の壁に手をこすりつけた。

女性は異様な格好だった。

身につけているのは白いワンピース。それも、純白でレースがついていて、あまり見ないような清楚《せいそ》な雰囲気のものだった。そのワンピースは泥や葉っぱでボロボロに汚れている。山奥で転がりまわって遊んでいたとでも言うのだろうか。そして裸足《はだし》。足にはいくつか切り傷も見えた。

年は僕たちと同じか、少し上くらいに見えた。

そしてはっきりと化粧をしているのがわかる。

「あの人たち、人殺しだよ……」

女性はT字路の方を指さして、かすれた声で言った。

「人殺しって」

「襲われたの。あたしと、あと……たまたま来てた、男の子たちも」

「男の子？」

「男の子は死んだ……と思う。あたしはその間に、逃げて……」

「それってまさか、ユウヤのことじゃ」

「ユウヤ？　名前は知らないけど……」

そこでスミオがマサシを押しのけて女性の前に出た。

「あ、あんたまさか」

「何？」

「間違いない。お姉さん、さっき藤崎台にいたろ」

「……いたけど。それが何？」

「自殺しに来てたんだろ？　ふらふら歩いてるの、俺たち見た！」

「……」

なるほど。

この女性が自殺しに来ていたとすれば何となく頷《うなず》ける。この格好は死ぬ前の精いっぱいのお洒落《しゃれ》だったのかもしれない。

「そうよ……」

女性は再び泣き始めた。

泣き顔を隠すこともなく、ぼろぼろと涙をこぼす。

「藤崎台の、南の方の木は楽に死ねるって聞いたから。そこで何人も自殺してて、うまくいってるって聞いたから……」

膝《ひざ》の力が抜けたらしい。壁を背にしてよろよろとへたり込むと、今度はぶるぶると震え始めた。

「なのに……あいつらが……」

何かぼそぼそと言い始めた。肩を押さえて自分の震えを止めようとしているらしいが、震えはひどくなるばかり。ぜえぜえと喘鳴《ぜんめい》まで聞こえてきた。過呼吸になりかけている。

「まさか。ひょっとして。そんな……」

スミオが暗視装置つきだという双眼鏡を手に取ると、壁からぐいと身を乗り出す。そして双眼鏡でT字路の方を見た。

「……」

しばらく見つめていたと思うと、がたがたと震え始めた。

「どうしたってんだよ？　スミオ。ちょっと貸してくれよ」

マサシがスミオから双眼鏡をひったくるように奪い、同じことを繰り返す。

「……」

僕が呆気《あっけ》に取られて見つめていると、マサシも呆然《ぼうぜん》と口を開いて硬直してしまった。そして黙って僕に双眼鏡を差し出す。一体何が見えたっていうんだ。僕は双眼鏡を目に当てる。

これが暗視装置というものか。

確か赤外線か何かを感知して、暗所でも視界を確保する装置だったか？　すごい。さっきまで闇に包まれていた街が、くっきりと見える。世界は緑一色だが、掃除をしている人間の腕や足の動きまで鮮明にわかった。

「どうしてこれ、こんな緑なの」

「色は機械が勝手に作り出してるんだよ。人間が知覚しやすい色が緑だから、そう調整されてるだけだ。それよりちゃんと見たのか？　奴らの掃除してる『もの』」

「掃除してる『もの』……」

デッキブラシやモップの先に、何かがあった。

「……」

細長くて、ところどころ節目のように曲がっている部分がある。それが何なのかしばらくわからなかった。周りの人物が、あまりに平然と掃除していたせいかもしれない。掃除と、それがどうしてもすぐに結び付かなかった。

「人だ」

地面に倒れている、長身の人間であった。

人間は仰向《あおむ》けに、眠っているかのように倒れている。全裸だ。その周囲を四人が囲み、付近の道路を清掃していた。顔はよく見えないが、青年から中年の男女のように思える。

倒れている人物はケガをしているのだろうか？

四人は全く慌てることなく、淡々と掃除をしていた。水で道路を洗っては、汚水をモップでマンホールまで押しやり、デッキブラシで道路をこする。それを何度も何度も繰り返していた。

どういうことだ。

「お前、わかんねーのかよ」

スミオが僕に言う。

「あれ……タツヒコだよ」

「タツヒコ？」

「あいつら、あそこでタツヒコ殺したんだよ。殺して、その痕跡《こんせき》が残らないように掃除してんだよ」

そう言われ、もう一度双眼鏡でよく見る。

掃除がひと段落したようだ。

四人は倒れている人間のそばに寄ると、何やら相談し始めた。緑色に光る妙な筒状の物体をテープで張り付ける。そして、体格のいい一人がその体を担ぎあげた。担ぎあげられた体には……腕と足がついていなかった。だらりと力なく、首のついた胴体が揺れる。一瞬、その顔が見えた。

目を閉じたままの……タツヒコのようだった。

僕は思わず双眼鏡を手放す。

「俺……絶対ネットの噂だと思ってた。これマジかよ……信じられねーよ」

「おいスミオ、さっきから何言ってんだ？　なんか知ってるのか？」

「知らねえよ。俺だって全然わかんねーよ。どうしてこんなことになったんだ。夢だろこれ。マジ、夢……」

「おい！　知ってることあるなら言えよ！」

マサシが詰め寄る。

スミオは怯《おび》えたような顔をしつつ、口を開いた。

「『サークル』って知ってる……か？」

「『サークル』？　クラブ活動みたいなものか？」

「まあ、意味としては近いのかなあ……。殺人マニアってわかる？」

「マニア……？」

「何ていうのかさ、グロ画像とか好きな人っているじゃん。ユウヤとかもそうだったんだけど。それが高じて、人を殺してみたくて仕方なくなっちゃった奴のこと」

エミが白い顔をして震える。キョウカが突っ込んだ。

「完全に犯罪じゃん」

「犯罪だよ。でも結構いるんだ。表に出回ってないレアなグロ画像を交換しあうコミュニティがあってね。そのホームページには生きたまま子供の首を切る動画とか、女を拷問で切り刻んでく動画とか、あってさ……。か、海外のページからそういうの見つけてくるんだよ。んで、そこの掲示板では『肋骨《ろっこつ》を一本一本バラバラにしてみてー』とか、『誰でもいいから女の足を切ってみたいなあ』とか、すげーことがいっつも書き込まれてんだ」

スミオ以外の全員が立ちすくむ。

言葉を聞いただけでもひどい嫌悪感。

正気を疑う世界だ。

「スミオ、まさかお前も」

「いや、俺は……ヘタレだから。グロ動画をダウンロードしたくらいかな。なんつうの……怖いもの見たさってやつ。一番積極的だったのがユウヤでさ、あいつは掲示板にカキコミもしてたんだ。『分解してみたい芸能人をひたすら挙げるスレ』とかに……」

「あいつ最悪だね」

マサシがため息をつく。

何となく頷けるところはある。ユウヤ、スミオ、タツヒコの三人の中ではユウヤがリーダー格だった。スミオとタツヒコは金魚のフンみたいにひっついていただけなのだろう。

「んでさ……ユウヤが言ってたんだ。『サークル』ってのがあるらしいって」

「だから何なんだよ。それ」

「殺人マニアたちが……そうやって書き込みしたり、グロ画像見るだけでは満足できなくなった殺人マニアたちが……本当に殺人を楽しむために、作ったサークル」

「……」

「もちろん完全に活動は極秘。なんか、そのホームページや掲示板で積極的に活動してると……オフ会に参加できたりするんだって。そのオフ会で面接されて、合格するとメンバーに入れるんだってよ。ユウヤ、ちょっと興味あるとか言ってて……」

「嘘だろ？　そんなものが実在するなんて」

「俺だって嘘だと思ってたよ！」

スミオが悲しそうに叫ぶ。

ワンピースの女性がスミオの口をふさいだ。

「あまり大きな声出さないで……」

「わ、悪い」

「そんな『サークル』があるなら、とっくに警察に指名手配されてそうな気がするけど」

マサシが言うと、スミオは反論した。

「違うんだよ。そりゃ行きあたりばったりに襲ってたら絶対逮捕される。もしくは、私怨《しえん》で誰かを殺したりしたら足がつく。でも、『サークル』は違うんだ。彼らは単純に人の命を奪うことを楽しみたいだけなんだ。周到に準備をして……そして、『遊んだら』ちゃんと後片付けもする。彼らが自分たちの趣味をずっと安らかに、楽しみ続けられるように……」

スミオの目は真剣だった。

僕たちは黙り込む。

「あいつら、『夜』にこっそりやってくる自殺志願者とか……俺たちみたいな『夜』遊びする奴らを狙って殺すんだよ。親とか周りの人間に黙って一人でのこのこやってくる奴なんて、餌食《えじき》にするのに好都合だろ？　お、終わったらああやってすっかり掃除してさ……ユウヤの死体だって綺麗《きれい》に並べられてた。あれはきっと後で隠蔽《いんぺい》するためにさ……」

「や、やめろよ。やめろって」

マサシが強い口調で言う。

それ以上聞きたくなかったのだろう。僕も全く同感だった。

そんな嫌な話、聞きたくない。

理解できない……。

「あそこまできっちりやられたら、そうそう発覚しない。せいぜい失踪《しっそう》者が増えたってだけだもの。あ、あいつらが死体をどう処理してんのか知らないけどよ……見つからないように始末する方法ってあるんだ。傷のついた人骨は事件性ありと見なされるから、細かい粉末にして魚に食わせたり。皮膚や肉は一メートル以上だったかな、ある程度深い地中に埋めれば警察犬も見つけられない。ゆっくり土に還《かえ》る。素人じゃ無理なんだけど、プロがちゃんとその気になれば、事件は明るみに出ないんだよ……」

「嘘に決まってる、そんなの」

マサシは必死で否定しつつも、真っ青になって汗を流している。

「たぶん、本当だよ」

ワンピースの女性が言った。

「あの人、言ってた。私の首にロープを巻こうとした人」

「何？」

「どうせ自殺するつもりなんだったら、殺されてもいいだろって……ニヤニヤ、笑いながら……」

体にぞくっと震えが走る。

そんなことを同じ人間が言うなんて想像できない。自殺しようとする人がいたら、誰だって止めるはずだろう。止めるまではできなくても、悲しい気分になるに決まってる。しかしそうではなく、自分の獲物が見つかったと喜ぶなんて。どうせ死ぬんだからいいだろうだなんて……。

相手の気持ちを全く考えていない。

彼らからすれば僕たちなんて、狩られる側の存在。夜という彼らの「巣」に、愚かにも足を踏み入れたネズミ。

「『サークル』だ……マジに『サークル』だよ……どうしたらいいんだ。ありえねえよ。どうしたら……」

スミオは一人でぶつぶつ言いながら、呆然《ぼうぜん》と壁を見つめている。

「なあ、あの……あなた」

マサシが青ざめた表情で、ワンピースの女性に話しかけた。

「ミチコだけど」

「ミチコさん。その、あなたを殺そうとした『サークル』の人間って……どんな奴でした?」

「そうね……」

ミチコさんは下を向きながら、言った。

「優しそうな顔をした、おばさんだったよ」

「唐原《からはら》さん。とりあえず、清掃はこれでいいかと。処分はどうしましょうか」

「藤枝《ふじえだ》さん。いつもの方法でいいと思う。ただ、今回は人数が多いから、どうするか考えるところだね。今、何時？」

「唐原さん、二十一時です」

「夜明けまで八時間弱か。死体二つ分の解体処理だったら、間に合うけれど。目撃されたのは一人だけじゃないんだろう？」

「唐原さん、少なくともまだ四人はいるはずです」

「遠藤《えんどう》さん、それはどういう勘定？　そんなにいるの？」

「はい。まず最初に狙って逃げられた女が一人。こいつは私たちの顔を見てます」

「うん。あの白ワンピースね。確実に殺さないとならないな。他は？」

「藤崎台に置いた死体を目撃した人間が四人います。その一人が、今殺したこいつですが」

「肝試しにでも来た大学生ってとこかな。今日に限ってそんなに『夜』にうろつきまわる人間がいたとはね。ついてない」

「全員で行動していると思ったのですが、こいつだけ単独行動だったようです。他の三人は探さなくてはなりません。それに肝試しだとすると、他にも友人が来ている可能性もあります。先に情報共有されたら、厄介です」

「とにかく全員狩るしかない」

「唐原さん。いっぺんにそんなに失踪したら、事件になりませんか」

「……なるかもしれないね。正直、やりたくはない。だけど目撃されたのなら仕方ないだろう」

「藤枝さん、唐原さんの言う通りですよ。私たちの遊びが発覚しないのは、『失踪』に見せかけて人を殺してるからです。死体も痕跡《こんせき》も消しているとは言え、これが『失踪』ではないとばれてしまったら……警察も馬鹿じゃない。私たちは逮捕されるでしょう。この遊びはできなくなります」

「そう。『死体があった』とか、『人殺しがいる』とか、そんな噂は立たないようにしなくてはならないんだよ、藤枝さん」

「今殺したそこの男だって、私たちの『清掃』は血を洗い流しただけです。警察がしっかり科学捜査すれば、痕跡は出る可能性が高いんですよ。捜査されないのは、単純に『こんなところで殺人が起きているわけがない』という思い込みがあるからであって……」

「遠藤さん、わかりましたよ。……夜明けまでに目撃者を全員殺さなくてはならないってことですね」

「そうですね」

「残り七時間と四十五……いや、四十四分」

「あまり時間はないよ。仲津田《なかつだ》さん、わかってるね」

「え？　俺？　わかってますけど」

「仲津田さんにしては聞きわけがいいね」

「何ですかそれ。さすがに俺だって、こんな時にわがまま言わないすよ」

「こないだ、どうしても生きたままバラバラにしてみたいって言い張ってたじゃない」

「それは、俺のタイプの女の子だったから……。いや、それはもういいでしょう？　唐原さん、つまんないこと蒸し返さないでくださいよ」

「今回は遊ぶ余裕ないよ。確実に絶命させていかないと、時間が足りない」

「わかってますって。だいたい、今はこの『サークル』の存亡にかかわる状況じゃないですか。せっかく仲間ができて、一緒に共通の趣味を楽しめる日々が来たんだから……これがなくなるのは、俺だって嫌すよ」

「わかってるならいいんだけどね。念のため遠藤さんは、仲津田さんが遊びすぎないように注意しててくれる？」

「はい」

「信用されてないすね俺」

「ごめんね、仲津田さん」

「唐原さん、そろそろ行きませんか？　あまりのんびりしていると逃げられます」

「そうだね」

「この死体はどうしましょう」

「死亡は確認した？」

「はい」

「ならいつものように隠していったん放置。解体処理は、全員死体にしてからまとめてする方が効率がいい」

「取りあえずビニールシートをかけておきます。万が一出歩いている人間がいても、誰も気づかないでしょう」

「猫が引っ搔《か》かないようにだけ注意して」

「はい。ネットもかけときます」

「じゃあ行こうか」

「行きましょう」


僕たちは自転車屋の陰でずっと息を殺していた。

静かな闇の中、「サークル」らしき人々の声がかすかに聞こえてくる。

ぼそぼそと話しているのではっきりとはわからないが、女性の声が一人分、男性の声が三人分聞き取れた。

恐怖心のせいだろうか、声は少しずつ大きくなるように思えた。僕はかがんで、地面に耳をつけてみる。やや湿ったアスファルトの匂いがうっとうしい。

間違いない。かすかな足音は、少しずつ近づいてきていた。

「……こっちに来る」

「アキラ君、どうしよう……どうしよう」

エミが僕の袖《そで》をつかむ。スミオとマサシも助けを乞《こ》うような目で僕を見ている。

こんな時どうしたらいいかなんて、僕にだってわからない。

助けてほしいのは僕だってそうだ。

「今下手に動くと見つかる」

それでも、僕が言うしかない。

「ここに隠れていよう。静かに隠れたまま奴らを一度やり過ごして……それから、見つからないように反対の方向へ逃げるんだ」

エミは僕を頼っている。不安がっている。

「広い『夜』の街で、僕たちを見つけるのはそう簡単じゃないと思う。注意していれば、きっと逃げ切れる」

僕が音頭をとらなくては……。

「そ、そうだな。そうだよな」

マサシは僕を見て頷《うなず》いた。

「誰か何か、武器とか持ってないわけ?」

ひそひそ声でキョウカが言う。

「そんなものあるわけないだろよ……さっきコンビニで買った缶切りくらいしかねーって」

「マサシ、あんた男のくせに使えないね」

「悪態ついてないで静かにしろよ……。気づかれるだろ」

自転車屋脇の小道は、狭い上に植木鉢などが積まれていて、大通り側からはかなり見づらい構造になっている。

ここに隠れていれば、大通りを歩いている人間からはまず見つからないはずだ。あらかじめそこに潜んでいると知っているなら別だが、気づかずに通り過ぎてしまう可能性が高い。

大丈夫。大丈夫だ。

少しずつ近づいてくる足音を感じながら、僕は自分にそう言い聞かせていた。

袖を摑《つか》むエミの手が、震えているのを感じる。その白い手は小さく、いかにも無力だった。それでもエミは唇をきっと結び、恐怖に耐えている。僕と目が合うと「大丈夫」とでも言うように、かすかに頷いてみせた。

「……」

僕はエミの手に自分の手を重ねる。エミの手の震えが……少しだけ、おさまった。

奴らの話し声は全くしない。さっきまではべらべらと会話していたくせに。不気味な無音の中、這《は》い寄《よ》るように影が近づいてくる。

僕たちはもう無駄話はせず、必死に気配を消そうとつとめていた。

スミオは自分の口に手を当て、呼吸の音すら消そうとしている。僕はと言えば、高鳴る心臓の音が奴らに聞こえてしまわないか、怖かった。

足音がすぐそばまで近づいた。

自転車屋のシャッター前を歩く人影が想像できる。ざり、ざりとアスファルトを擦るように歩く音。

僕の腕に触れるエミの手が、震えている。

行け。

そのまま通り過ぎてしまえ。

僕たちは全員、そう祈っていただろう。

その祈りも空しく、スミオは刺された。


「うわ、うわ、うわああああ！」

大通りに最も近い場所にうずくまっていたのが、スミオだった。

おそらく彼が刺された理由はそれだけだろう。

本当に一瞬のことだった。

死角……自転車屋の壁から男の姿がすいと現れたかと思うと、そのまま真っすぐに僕たちの方に走って来たのだ。男が何か振るのが見え、すぐにスミオの悲鳴が聞こえた。

ぽつぽつと僕の顔に何か水滴のようなものが当たる。

「逃げろっ!」

マサシが叫び、大通りと反対側に脱兎《だっと》のごとく駆けだす。その後にミチコさん、それからキョウカ、エミが続く。

「スミオ、早く!」

僕は転げまわるように男から距離を取っているスミオの手を握り、引っ張って立たせる。

「やばい、やばい、俺! やばい! これやばいって!」

握った掌《てのひら》に温かく、ぬるりとした触感。スミオの血だ。頭の中に危険なイメージが走るが、暗くてどの程度の傷なのかよくわからない。滑って取り落としそうになるスミオの腕を強く握りしめる。

「俺どうなってる? 俺、どうなってんだよ! お、教えてくれ!」

僕は答えず、スミオを思い切り引っ張った。そんなことどうでもいいから早く逃げるぞという意思表示。スミオは混乱しながらも僕について走り出した。

「い……いたい! いたい!」

叫びながらも、ついてくる。どうやら走れる程度のケガらしい。

スミオのすぐ後ろから男の影が迫ってくるのが見える。

身長は僕と同じくらい、マサシよりは明らかに低い。やせ型で、大して強そうなシルエットではなかった。しかしその威圧感は凄《すさ》まじかった。刃物を持ち、無言で僕たちに追いすがる。

あいつは迷いも戸惑いもなく、スミオを刺した。

僕たちは包丁を人に向けることにだって抵抗を覚える。それを生きている人間に突き刺すとなったら手が震えるだろう。どうしても刺さなければならないとなったら、目をつぶりながらか……何かわけのわからないことを叫びながらになる気がする。

あいつは違った。平然と、速やかに刺してみせた。

野菜を切るのと変わらない。慣れてるんだ。日常の一部分として、その行為を受け入れている。

あんな奴にかなうわけがない。

逃げるしか……。

「うお、うお、待ってくれ、待ってくれ。おいてかないで」

スミオは半分泣きごとのように、半分悲鳴のようにわめきながら走っていた。しかしその速度は速い。気を抜くと追い抜かれそうになる。追い詰められて、火事場の馬鹿力が出たのだろうか。

僕は一瞬だけ後ろを向いて見る。男も走っているが、距離は開いているようだ。僕は横に手を伸ばし、植木鉢ごと観葉植物を引っ張り倒す。がしゃんと大きな音が響いた。うまくいけば男が走るのを妨害できるはずだ。

「みんな、どこ？　どこ？　おいアキラ、俺たちおいてかれたって、まずいって！」

言われて前を向き、気がつく。エミたちの姿が見えなくなった。

この暗さで見失ったか。

「こっちだ！」

無事に逃げ切っていることを信じて、とにかく今は男から逃げるしかない。僕はスミオを引っ張って路地に入った。大型家電量販店の裏側に出る。汚いアパートの前に、ゴミ袋が散乱していた。いくつかは袋が破けて中身が飛び出している。ほとんど掃除されていないのだろう。このあたりは昔歓楽街だったのだと言う。しかし「夜」制度の施行と共にほとんどの店が潰《つぶ》れ、今では廃屋や、極端に家賃の安い住居が並ぶだけの寂しい場所だ。

路地は複雑に入り組んでいて、道幅は狭い。ゴミやら投棄された棚やらがあちこち置かれているので見通しも悪い。規則性なく道を進んでいけば、追跡者を混乱させられる気がした。

「はあ、はあ。はあ」

スミオの呼吸は荒い。最初のうちこそ勢いよく走っていたものの、カーブを繰り返すうちに足元がおぼつかなくなってきたようだ。ふらふらとよろけていて、今にも転倒しそうだ。そんなスミオを引っ張って走っているものだから、僕の呼吸まで乱れてきた。

手を離して走った方がずっと楽じゃないか。

もう、スミオは置いて行こうか。

そんな考えが僕の中に浮かびかける。

これがエミやマサシだったら、手を離すことはないだろう。

だけど、スミオだ。

一応同じクラスだけど、そんなに仲がいいわけでもない。どちらかと言えばあまり好きではない方だ。そもそもこいつらは、自殺する人間を見物しに「夜」に来ていたのだ。そんな奴らが死んだって別に構わないじゃないか。報いを受けるようなもの。何より今は緊急事態なんだぞ。スミオを助けようとして、僕とスミオが二人とも殺されてしまう可能性だってあるんだ。

後ろには殺人鬼がいるんだ。追いかけてきているんだ……。スミオを置いていけば、殺人鬼はスミオにとどめを刺すだろう。その時間を利用して、逃げられるかもしれない。僕は、逃げられるかもしれない……。

頭の中を高速で思考が駆け巡る。

ゴミだらけの道を汗だくで走りながら、様々なイメージが交錯する。

銀色に光る凶器、血まみれで崩れ落ちるスミオ。置き去りにする僕を悲しげな、恨めしげな視線で見つめるスミオ。そして……血まみれでゴミの中に倒れている僕。

嫌だ。死にたくない。

僕は死にたくない。

手を離せ。

スミオを置き去りにしたって、誰も僕を責めはしない。

僕の中を流れる熱い血液が、一瞬だけふいと冷たくなったように感じられた。

路地を曲がり、また曲がる。

曲がる時、スミオの腕を握る手にはぐいと遠心力がかかる。その力に任せて……できるだけ偶然を装って。

僕は手を離した。

指が一本、また一本と離れ、僕の掌に冷たい風の感触が走る。

これで大丈夫だ。

罪悪感と安心感。二つが混ざった腐林檎《りんご》のような味を心に感じながら、僕はさらに地面を蹴《け》った。

その時。

僕の腕に熱いものが巻きついた。

思わず振り返る。スミオだった。スミオが僕の腕を摑《つか》んでいた。その表情は見えない。が、僕の腕を握る手は力強く、そして炎のように熱かった。僕の腕をスミオの掌と溶接するつもりなのではと思うほど……。

どうやっても振り払うことはできなそうだった。

「痛い。痛い……」

歯ぎしりをするスミオに、僕は人差し指を唇の前に立て、静かにするように促す。

「……」

本当に痛そうだった。

かすかに雲間から覗《のぞ》く星明かりで見ると、左腕、手首と肘《ひじ》の間あたりに大きな裂傷が見える。かなり深く、向こう側まで貫通しているのではないかと思うほどの傷だ。黒い液体がどろどろと流れている。正直、明るかったら直視できる自信はない。右手にも、指や掌に傷が見えた。こちらは浅く、左を切られた勢いで受けた傷なのだろう。

「あいつ。ありえねえよ。俺、口を塞《ふさ》いでたんだ。息する音が聞こえないようにって。口を塞いでたから……たまたまそこに腕があったから、腕を刺されただけですんだ。そうでなかったら……首を……」

がくがくと震えるスミオ。

僕たちは目についたオフィスビルの非常階段に飛び込んでいた。積み上げられた段ボール箱が死角になり、隠れ場所として好都合のように思えた。

僕は床に耳を当てたり、顔を少しだけ出してあたりの様子をうかがったりを繰り返す。何の音もせず、人影もなかった。

どうやら追跡を振り切ることに成功したらしい。ひょっとしたらエミたちの方を追いかけて行ったのかもしれないが……。

「ううう……さみい。おい何か言ってくれよアキラ、心細いよ……」

「……さっきの奴は振り切ったみたいだよ」

「そ、そうか……」

僕が手を離したことをスミオはどう感じているのだろう。故意にだとは思っていないかもしれない。スミオはそれについて何も言わなかった。しかし、小さな気まずさを感じる。

それにしてもスミオの震え方は普通じゃない。血が流れ過ぎて、体温が下がっているのだろうか。僕はハンカチを取り出して、スミオの上腕部に巻き、くいと引いて締め付ける。

「いて。おい……何だよこれ」

「止血した方がいいかと思って」

「止血って、そんなんだっけか？」

「ごめん……よくわかんない。うろ覚えだよ。でも、動脈の流れを止めないといけないいんじゃなかったか？」

「それより傷口をふさいでくれよ」

「無理言うなって。下手なことしたら病原菌が入るよ。それ、病院で診てもらわないとだめだと思う……」

「病院ったって、こんな時間に……」

スミオは歯ぎしりをする。かなり痛いらしい。額に脂汗がにじんでいる。

「エミたち、うまく逃げたかな」

僕は言う。

「どうだろうな。あいつから逃げ切るのってかなりきついと思うぜ」

「どういう意味？」

「アキラ、見なかったのかよ。あいつの顔……」

「顔？　いや、見えなかった。それどころじゃなかったよ」

「俺、はっきり見えたぞ。あいつゴーグルつけてた。こんな暗い中でつけるゴーグルっていったら一つしかない。あれ、絶対暗視ゴーグルだ」

「暗視ゴーグル？　スミオが持ってる双眼鏡みたいなもの？」

「そう。あいつらライトも持たずに歩きまわってるから妙だと思ったけれど、きっと暗視ゴーグル装備なんだ。この『夜』の街も、ほとんど昼同然に見えてるはず」

「そんな簡単に買えるの？　暗視ゴーグルなんて」

「お前って何も知らないんだな。買えるに決まってるだろ。サバゲーグッズの店とか、通販で買える。アメリカからの輸入品が多いけど、軍の払い下げ品なんかも買える」

「輸入？　アメリカとの自由貿易はエネルギーショック以降されてないんじゃ」

「そうだけど、別に貿易してないわけじゃないだろ。当然高い税かかってるけど、こういうのはマニアが買いたがるから取引する業者がいるんだよ。ちなみに向こうはカナダ経由のウランで原子力発電できるから、『夜』制度なんてない。だから一般人が娯楽用に買ったりもするみたいだぜ」

　そんなの知るわけないだろ。

　心の中で思うが、すぐに別の恐怖が湧き上がる。

　向こうは暗視ゴーグル装備だって？

　こっちはスミオの暗視双眼鏡と、マサシのライトくらいしか闇を見通す道具はない。あと光を発するものと言えばスマートフォンのライトくらいだが、あんな光量では照らすどころかこちらの位置を教えるようなものだ。

「『サークル』はやっぱり、プロなんだよ。いや、プロって言い方はおかしいか。でも奴ら、しっかり準備してるんだ。暗くたって人を殺し、始末する作業……滞りなくその作業ができるように万全の装備をしてるんだよ……やばいって本当……」

スミオは再び震え始める。

僕も同じだった。

暗視ゴーグル。向こうはこの闇の中でも僕たちの姿が見えるのだ。僕たちは目を潰《つぶ》された羊たち。暗い中でどこからか忍び寄る敵に怯《おび》え、逃げまどうことしかできない。対する相手は凶器を持ち、鋭い目を備え、血に飢えた狼どもだ。

勝ち目はない。

こちらが有利な点と言えば、人数が多いことくらいか。後は、タイムリミットがある点。「夜」明けまで何とか逃げ切れば、僕たちの勝ちだ。警察なり何なりの社会的な圧力が、彼らを追い込んでくれる。

逆にそれがわかっているから、「サークル」は何が何でも「夜」の間に僕たちを始末しようとするだろう。「夜」の間は彼らが圧倒的強者。世界の支配者となる時間なのだ。僕たちは「彼らの時間」を不利な条件の下で、逃げ切らなければならない。

逃げ切れば僕たちの勝ち。

僕たち全員が死ねば「サークル」の勝ち。

「サークル」は命をかけた勝負を挑んできている。

「暗視ゴーグルがあったから、僕たちは見つかったのかな？」

「俺は死角に入ってたし、暗視ゴーグルだって壁を透過することはできないはず……いや、違う。そうか」

「何？」

「あの時、俺の暗視双眼鏡でみんなあいつらを見てたじゃん。あれで見つかったんだ、たぶん」

「どういうことだよ？」

「俺の暗視双眼鏡はアクティブ方式って言って、こちらから赤外線を放射して返ってくる赤外線を映像化する仕組みなんだよ。ほらここ見ろ」

スミオは双眼鏡の真ん中あたりを示す。そこには小さな電球の頭のようなものがあった。

「ここから赤外線を照射するわけ。赤外線ってのは人間の目には見えないけれど、可視光線と同じような性質があって、物体に当たったら反射して返ってくる。その赤外線をこのスコープで感知して、像を作り出す。そういう仕組みなんだ。だから……相手も同じ仕組みの暗視装置を持ってたら、位置がモロバレになるんだよ。赤外線が見える相手に、赤外線式の懐中電灯を向けるようなもんだからな」

僕は考え込む。

となると、暗視双眼鏡も気軽には使えない。相手の視界内に入っていれば、スイッチを入れた途端に位置を把握されてしまう。これだけがこちらの「目」なのに、「目」を使えば存在がばれてしまう……。

リスクが高すぎる。

かといっていつまでもこれを使わなければ、一方的に相手が闇を見通すのを許すだけだ。

それでは逃げ切ることも難しいし、エミたちと合流することも……。

どうしたらいいんだ。

僕は追い詰められた気持ちで、闇に目をやった。

待てよ。

ふと頭の中で思いつく。

「『サークル』側が使ってる暗視ゴーグルも、赤外線を発してるってことだよね？」

スミオは頷《うなず》く。

「そうだな。それ以外の方式の暗視装置もあるんだが、こっちの赤外線が見えたとするなら、同じタイプだと思う」

「なるほどね」

「もちろん相手の放っている赤外線も、この双眼鏡で見えるはずだ。暗視装置をつけた人間同士だと、お互いに位置はまるわかりって話だな」

「なあ。その暗視双眼鏡なんだけど……赤外線照射するとこを塞《ふさ》いで、受光だけって、できないかな……」

「あん？　どういう意味だ？」

「だからさ。この暗視双眼鏡って二つの機能があるわけだろ？　一つ目が、赤外線を照射する機能。二つ目が、赤外線を『見る』機能」

「まあそうだな」

「だからさ、その一つ目の機能だけをあえて使わないでおくんだ」

僕は赤外線ライトの部分を指でふさぐ。

「この状態では、こっちから赤外線は照射されない。でも赤外線を『見る』機能は生きている。とすると……相手の発する赤外線はわかるんじゃない？」

お互い、赤外線を「見る」能力がある。しかし、こちらは赤外線を発せず、相手にだけ赤外線を出させる。それができるなら、こちらだけが相手の位置を感知可能だ。

「……そんな使い方、したことない」

「もしできたら、『サークル』の奴らがどこにいるかを知りながら、隠れて動くことができる」

「理屈ではそうだけどな。でも、本当に受光だけできるかはわからないぜ」

「試してみようよ」

「試すって？　どうやってだよ？」

「スミオ、古い二つ折りの携帯電話使ってたよね」

「だから何だよ。スマホなんて持ってるの、クラスじゃお前くらいだっての」

「それ、貸して」

不思議そうな顔をするスミオに、僕は手を差し出した。

実験結果は良好だった。

携帯電話の赤外線送信ボタンを押すと同時に、暗視双眼鏡越しにかすかな緑色の光が映った。暗視双眼鏡の赤外線ライトは塞いである。受光だけすることが可能だと証明された。

「でも、それじゃ暗視装置としては全く役に立たないぜ」

スミオの言うとおり、赤外線を放たなければ、返ってくる赤外線を感知するもくそもない。暗視双眼鏡を覗いても何も見えず、ただ真っ暗なだけだ。これならまだ肉眼で見た方が歩きやすそうだ。

でもそれは仕方がないことだ。

もうこの機械は「暗視装置」ではなく、「『サークル』探知装置」に変化したと考えるしかない。

「だからこうやって、交互に見るんだよ。双眼鏡で見て、目で見てを繰り返して歩くんだ」

「……なるほど」

「双眼鏡の方で赤外線、いや、赤外線は緑の光に変換されるのか。緑の光が見えたら……それはつまり、誰かの暗視ゴーグルから放たれた赤外線。奴らの視界ってことだ」

「……」

相手の視界には絶対に入るわけにいかない。

見つかったら、今度こそやられるだろう。

しかし、さっきまでと比べて僕の中には闘志が湧いてきていた。

何の対策もなかった時とは違う。ただの追われるネズミではなくなった。

こちらにも相手の「動き」を見るすべがあるのだ。暗視ゴーグルから放たれる赤外線がどの程度遠くまで届くのかはわからない。が、百メートルくらいは届くのではないだろうか。ということは、百メートル先から僕たちは彼らの存在を知ることができるわけだ。

近づいているか、遠ざかっているか、どちらを向いているか……判別できる。遭遇を避けて慎重に歩くようにすれば、まず見つからずに逃げ切れるのではないか。

いける。

楽観的すぎるだろうか。

でも、いける気がする。

「スミオ。歩ける?」

「……」

スミオはだるそうに僕を見上げる。歩きたくないのはよくわかる。

「何お前。どっか行くつもりなの」

「エミたちを助けなきゃ」

「無理だよ。みんなを見つけるより先に、俺たちが見つかっちまう。もしくは、エミたちが殺されるさ。下手に動かずここでじっとしてようぜ」

「そんなわけにいかないよ」

　この暗視双眼鏡があれば、全員で逃げ切れる可能性だって十分にあるんだ。エミたちと合流さえできれば、一緒に生き残れる。今、エミたちは闇の中、ただやみくもに逃げ回っているはずだ。一刻も早く合流しなくては……。

「んだよ。偉そうに……それが正しいって言うのかよ。あのな、俺はケガしてるんだからな。お前がケガしてても、同じこと言えんのかよ？」

「……別に偉そうにしてるわけじゃない」

「してるさ。だいたいその双眼鏡、俺のだろ。それがなかったら何もできないくせに」

「それは……」

　その言葉で、僕は固まる。

「双眼鏡、返せって言ったらどうするつもりだよ」

「……」

　どうするつもり？　どうするつもりって……。

　僕は……。

スミオは自嘲《じちょう》気味にへらっと笑うと、傷を押さえながらよろよろと立ちあがった。

「……ちょっと言ってみただけだって……そんな顔すんなよ」

スミオに言われてはっと我に返る。

スミオは大人しく、ふらふらと歩き出した。

僕はさっき、どんな顔をしていたのだろうか。

自分の頬を叩《たた》いてみるが、ただ冷たい皮膚に触れただけだった。


キ――――――……。

夜の闇と闇がこすれているような音とでも言うのだろうか。

小さく細く、鋭い音がどこかから聞こえてくる。ちょっと前にも聞いたような音だ。耳障りではあるが、うるさいというほどでもない。

これは耳鳴りなのかもしれない。僕の耳の中でだけ、鳴っている音なのかもしれない。

目まいに近い感覚が走り、僕は一瞬目を閉じた。

双眼鏡を覗《のぞ》いたり外したりしながら歩くのは、思ったよりもずっとしんどい作業だった。何よりも、目が疲れる。暗視双眼鏡で見る世界はただ暗いだけでなく、細かな粒子のようなものが見える。目が痛くなり、こすったり、まばたきを繰り返しながら僕とスミオは進んでいった。

ごみごみした地域を抜け、鉄道の高架が見えてきた。

「なあアキラ……お前、何か見当があって歩いてんの？」

「……」

「どこにエミやマサシがいるかなんて、わかんねーだろ？　そもそも全員一緒にいるかどうかもわからないんだぜ。分散してるかもしれないし……すでに殺されて、バラバラになってる可能性だってあるぞ。その辺どう考えてんのよ？」

正直僕も、わからない。

「とにかく、みんなキョウカの家に向かうはずなんだ。キョウカの家は駅の向こう側だから、こっちの方角に向かってるはず」

「アキラ……お前、キョウカの家、わかるわけ？」

「……正確な位置はわからない」

「おいおい、そんなんで……」

スミオはあからさまに不快そうな声を出す。

「仕方ないだろ。わからないことをいくら言ったって……。それより足元に気をつけろ、石あるぞ」

「……ああ。悪いな、アキラ。双眼鏡、俺が見るか？」

「じゃあ頼む」

僕はふらふらするスミオに肩を貸しながら歩いていた。スミオはさっきから文句ばかり言う。が、たまにこうやって僕に気を使う。

妙な感じだ。

スミオは当然、もう歩きたくないのだろう。ケガもしているし、じっと動かずにいたいはずだ。しかし僕がそばにいなければやはり心細い。だから僕をそばに置いておきたい。そのためには僕の意見も多少は聞かねばならない。

僕もそうだ。本当だったらスミオなんて置いて、エミを助けに行きたい。だけど双眼鏡は借りたいし、何よりスミオを置き去りにするほど……悪人になりたくないのだ。僕の中の何かが、それを許さない。それは正義感なんてもんじゃなかった。ただ、今までそんなことをせずに生きてきたから……誰かを露骨に切り捨てることが怖い、それだけだった。

僕とスミオはお互いのエゴの妥協点を探し、そのぎりぎりの点で今一緒に、助けあいながら歩いていた。何とも打算的な匂いのする協力である。

嫌な雰囲気だった。

ただ喧嘩《けんか》しているよりも、ずっと嫌な感じだった。

路地では逐一様子をうかがい、大きな道ではできるだけ隅の方に隠れながら進む。僕とスミオは全神経を集中させて「サークル」を警戒したが、遭遇する気配はなかった。

暗視双眼鏡には何の光も映らない。スイッチが入っているかどうか、時折確認するほどだった。「サークル」は近くにはいないのだろうか？

奴らの気配が感じられなくとも、静かな夜の街はひどく不気味だった。

シャッターの閉まった商店街が、電気の消えた看板が、車も歩行者も通らない道路が……。未知の遺跡のように僕たちを取り囲んでいる。

気を抜いてはいけない。

どこかにいるのは間違いないのだ。

暗視ゴーグルという緑の目をふりかざし、僕たちを探してうろつく人間が数体……。

銀行が、ラーメン屋が、百円ショップが、駐輪場が。芸能人が写ったポスターが、色とりどりの野菜や果物が描かれた看板が、カラフルにデザインされた企業ロゴが……。

街にあったあらゆる色彩がその個性を失い、黒と白のコントラストへと収束していく。

それはさながら、歌川という街が色あせたようだった。

昼の街とよく似ているけれど、あらゆる点で雰囲気が異なる街。夜というパラレルワールド。そこでは目から赤外線を放つ化け物が歩きまわり、人を食う。うっかり足を踏み入れた人間は命を奪われ、バラバラに解体される。夜という空気が人間の関節を溶かすかのごとく……。

現実世界の裏側に迷い込んでしまった気がして、僕は少し震えた。

道が開ける。正面に歌川駅が見えてきた。

大きなロータリーと、商業施設と一体化した駅ビルが見える。

路地の中と違って空が広く感じられた。墨汁を流して埋め尽くしたような空。

リーーーーーーーーー……。

左耳の奥の方から、あの音がまた響いてきた。

「なあ……あの音って、虫かな？」

ふとスミオが言った。

「スミオにも聞こえるんだ」

「あん？　もちろん聞こえるよ」

「いや、耳鳴りか何かかと思ってて……」

「耳鳴りじゃないだろ。今日だけでも何回か聞いた気がするぞ、あの音」

「……」

確かに聞いた。

ツーーーーーーーーー……。

まただ。今度の音は右の方から聞こえてきた。

森の中でも、街の中でも聞こえる。

それに左の音と、右の音。音の発生位置が違うのだろうか。まるで音に包囲されているような……。

「あ」

思わず声が出ていた。

「何立ち止まってんだよ、アキラ」

嫌な想像が生まれていた。

あの音は野生動物でも風でもなく、人為的に発せられているものだとしたら……。つまり、離れた距離にいる「サークル」のメンバーが……何かお互いに合図を送り合っているとしたら……？

キーーーー……。

静かな街でその音はよく通る。正確に位置が把握できるほどではないが、音源の方向は明らかに判別できる。

「おいアキラ。どうしたんだってば」

「あの音、笛じゃないか？」

「笛？　笛なんて誰が吹くって言うんだよ……え？　まさか」

「……」

僕の考えていることをスミオも察したらしい。その表情が曇る。

「あんな音の笛ってあんのか……？」

「わからない。笛と言えばホイッスルとか、リコーダーくらいしか知らないから……」

「俺もわからん。でも、最近のホイッスルって結構すごいって聞いたことあるぞ」

「すごいって、どういうこと？」

「電子ホイッスルとか、二段式のとかあって……。かなり遠くまで届く音を出せるとか、複数の音、例えば人を警戒させる音と警戒させない音を使い分けられるとか」

「人を警戒させない音？」

「あからさまに警笛みたいな音じゃまずいケースもあるだろ。サッカーで反則した時は、思わず選手が立ち止まってしまうような警告音で吹く。逆に開会式の合図とかは、もっと柔らかい音で吹く……とか」

「ホイッスル一つでそんなことまで？」

「そう。五千円とか一万円とかする高級ホイッスルの話だけどな」

……。

そんなホイッスルがあれば……合図を送り合うことは容易だ。他に大きな音の少ない「夜」、音はよく聞こえる。笛だけでモールス信号を送ることもできるだろう。そこまで複雑にしなくても、事前に取り決めだけしておけば、簡易な通信手段として十分に役に立つ。

聞こえる音はホイッスルほど鋭い音には思えないが、スミオの言うような高級品で、何らかの調整をされたものなのかもしれない。

冷たい汗が背中を伝い始めた。

「サークル」が連絡を取り合っている。

お互いに音を飛ばして、僕たちの上をはるか飛び越えて。

僕たちは分断されて、お互いの位置を知ることもできない。闇の中手探りに歩いているだけだ。彼らは会話でもするように、僕たちを始末する算段を連絡し合っているのだ。すでに彼らの手中に落ちていて、どこにも逃げ道がないような気がしてくる。

「笛で連絡取り合ってるとしたら、何を話し合ってんだろうな」

スミオが蚊の鳴くような声で言う。

その言葉が僕の頭の中にぽんと落ち、波紋を広げて消えて行く。

何を話し合ってる？

話し合うようなことと言えば、何が……。

彼らは僕たちを探しているはずだ。手分けして僕たちを探し、見つけたら集合して一気に始末したいはず……。

リーーーーーーーーー……。

音の位置が変わった。

さっきこの音は、もう少し駅から遠いところで鳴っていたように思う。

駅に近づいてきている。僕たちのそばに。

やばいぞ。

僕は小声で言う。スミオも理解したようだ。

「スミオ」

僕たちは喫煙スペースの大きな灰皿の脇に二人でしゃがみこみ、身を隠した。できるだけ体を晒《さら》さないように気をつけながら、僕は闇に向かって暗視双眼鏡を構える。いた。

緑色の光を放ちながら歩いている人間が。

顔面のあたりから緑の光を放っている。暗視ゴーグルの赤外線ライトだろう。顔と上半身がぼやっと緑に照らされ、下半身はうす暗くてよく見えない。まるで発光器で海底を照らしながら進むチョウチンアンコウのように、ゆっくりと周囲を警戒しながら足を動かしている。

ジャージを着た、やせ型の男だった。

あいつがさっき笛を鳴らした奴に違いない。

男までの距離は二百メートルといったところ。僕たちがロータリーの中心、喫煙スペースにいるのに対し、男はロータリーを越えた向こう側、デパート前の道路を駅に向かって歩いていた。僕たちに側面を向けている形になる。

男は振り返ったりすることなく、前方をきょろきょろとうかがうだけで、まっすぐ歩いて行く。そのまま進めば高架をくぐり、駅の向こう側に出るだろう。その先には日野川公園がある。

「アキラ？」

「大丈夫。あいつ、駅の向こう側に歩いていった」

「見つからなかったわけか。その暗視双眼鏡、役に立ったな」

「そうだね」

「……どうした？」

僕は暗視双眼鏡を下ろし、言う。

「あいつら、集合してるのかもしれない」

「集合？」

「キーって音、わかるか？」

「ああ、虫みたいな音な。駅の向こう側から聞こえてくるよな」

「あの音だけ、さっきから同じ方向からしか聞こえないんだ」

「そうか？」

「リーって音と、ツーって音は移動してる。それも、キーの音がする方向へだ」

「そんなに何種類もあったか……？　俺にはどれも同じような音に聞こえたけど」

スミオは頭をかく。

「少なくとも二種類は絶対あるよ。特にキーって音は三鷹山にいた時にも聞こえたから、印象に残ってるんだ。あの音……獲物を発見したことを意味してるんじゃないか？」

「何？」

「つまりこうだよ。発見者は獲物を発見したら、キーの音を吹く。他の奴らは、キーという音を頼りに集合して、全員で襲いかかる。他の奴らが吹く音……リーとかツーとかは、キーの合図を受け取ったと言うサインでもあり、集合までどのくらい時間がかかるかを知らせる意味もある」

「……お前の推測だろ」

「だけど、実際に一人がキーの音の方へ向かっていくのを見た」

「……」

「日野川公園の方だよ」

スミオが震え始めた。

僕が言いたいことを、感じ取ったのかもしれない。

「スミオ……」

「俺は、嫌だぞ。行かないぞ」

「日野川公園に、向かおう」

「行かないって言ってんだろ？　馬鹿かお前？　『サークル』が集合かけてるってのに、

そこへ行ってどうすんだよ？」

「……エミたちを助けなきゃ」

日野川公園。

僕の考えが間違っていなければ、エミたちはそこにいる。

「サークル」に発見された上で、そこにいる。

エミたちは暗視双眼鏡を持っていない。この笛にも気が付いていないかもしれない。

助けに行かなければ……。

このままではエミはバラバラになるだろう。


「サークル」のメンバーが集まってきているとは言え、そこが日野川公園ならなんとかなるような気がしていた。

日野川公園は池を中心とする大きな公園だ。敷地内にはボート乗り場、神社、ちょっとしたステージなどがある。段差は激しく、木々は何重にも生い茂り、ベンチや遊具も多い。それらは僕を隠してくれるはずだ。

逆に探す者にとってはかなり厄介な場所だ。いかに暗視ゴーグルがあろうと、広い敷地の中に隠れた人間を見つけ出すのはそう簡単ではないだろう。さらにこちらは、暗視双眼鏡を使って相手の視界を感知できる。

公園の中に限れば、僕の方が有利ではないだろうか。

いける。

いける気がする。

「サークル」の目をかいくぐり、エミたちと合流し、うまく逃げだす……。

やる。やるしかない。

僕は古書店の脇を抜け、日野川公園に向かって走る。

結局スミオを置いてきたことも、僕に自信を与えていた。さっきまでと比べて圧倒的に身が軽い。危険を感じたら咄嗟《とっさ》に隠れることもできる。今の自分なら何でもできるように思えた。

スミオの奴。

どうしても行きたくないと言い張るばっかりで、話にもならなかった。全く仲間を助ける気がないとは、呆《あき》れる。そもそも厄介事に僕たちを巻きこんだのは、お前らじゃないか。

僕は小さく舌打ちをする。

まあいいや。結局暗視双眼鏡は借りることができた。ほとんど強引にもらってきたようなものだけど……これだけは譲れない。スミオは複雑な表情をしていたが、最終的には折れた。断っても、腕ずくで奪われると思ったのかもしれない。

この双眼鏡さえあれば、スミオなんてただの足手まといだ。

結果的にはこの形が一番良かったかもしれない。

僕は心の中で納得しながら、走る。

高架をくぐり、雑居ビルだらけの道を行く。時折双眼鏡であたりを確認するが、奴らの緑色の光は見当たらない。念のため僕はできるだけ狭い道を選び、足音を極力消して進んでいく。

車いす用のスロープを駆け下りて日野川公園に入る。

湿った空気が僕の鼻をすうと抜けていく。どこからか水のせせらぎの音。何度も遊びに来た場所だ、構造はすっかり頭の中に入っている。

暗視双眼鏡で公園の中をぐるりと見回してみる。

西側奥の方に、ぽつんと二つ、緑色の光が見えた。

動いている様子はない。

あれが「キー」という音を鳴らしていた奴なのだろうか？

藤棚と公衆便所の間あたりに二人、並んで立っているようだ。

他のメンバーの集結を待っている、というところか。僕は慎重に身を隠しながら、木々の間をくぐるようにしてゆっくりと近づいていく。


「藤枝さん、お疲れ様」

「ああ、唐原さん……」

「遠藤さんと仲津田さんももうすぐ来ると思う」

「そうですか」

「残り四人だったっけ。私たち二人いれば、殺せる人数かと。遠藤さんと仲津田さんが来る前に死体にしておこうか。その方がすぐに片づけに移れる」

「……」

「で？　彼らはどこ？」

「……」

「藤枝さん？　目星ついたから呼んだんでしょ？」

「唐原さん」

「はい」

「今日殺した二人……大学生みたいだって言ってましたよね」

「ええ」

「あれって、わざと言ったんですよね？　私に」

「どういうことかな」

「私を二人の解体に参加させず、血の清掃だけ手伝わせたのも、そのせいですよね。私に知らせたくなかったんですよね」

「何を言っているのかわからない」

「彼ら……高校生みたいなんです」

「……」

「見たんです。追っている時に、何人かが制服を着ているのを」

「そう」

「それも、うちの学校の制服でした」

「だから？」

「私が高校で教員をやっていることは知ってますよね？」

「ええ。生物を教えていると前に聞いたかと」

「私には彼らは殺せません」

「……は？」

「殺せません」

「何を言ってるの？」

「唐原さんにはわかりませんか？　私は生徒たちを愛しています。それは出来不出来に関係なく、教師として……」

「それが何？　どうでもいい話でしょ？」

「ここで殺したらどうなります。『昼』になって教室に行くと、いくつか空席がある。それは私が殺した生徒の空席です。その前で普通に授業をすることができますか？　出席を取り、生徒の質問に答えることができますか？　できるわけないでしょう？」

「藤枝さん……」

「はい」

「意外だね。もっと割り切っているかと思っていたけれど」

「いえ、私は」

「つい一か月前、笑いながらＯＬの眼球をくりぬいてたでしょ。そんな藤枝さんが教師としての道徳を語るってわけ？」

「私は……」

「いつも遊んだあと、眼球だけ持って帰ってるでしょ。あれで何してんの？」

「ただ飾ってあるだけですよ」

「しぼんじゃうんじゃないの？」

「浸透圧を調整した溶液に入れて、冷蔵庫に入れています」

「それ、何の意味があんの」

「綺麗《きれい》なんですよ。宝石みたいで、ぶどうの粒みたいで……見つめ合っていると、ちっとも飽きません」

「そんなことを言いながら、生徒は可愛いから殺せないなんて言われてもねえ」

「……」

「矛盾してるよ。藤枝さん」

「……しかし」

「何？」

「唐原さんだって、娘さんがいるでしょう。隠れているのがもし娘さんだったら、殺せますか？」

「……」

「きっと殺せませんよ。私には殺せません。見知った顔の人間は、殺せません。情が湧く相手は無理なんですよ。私、わかりました。楽しく殺せるのは、誰とも知れぬ他人の時だけです。考えてみりゃ当たり前ですよね……狩猟だって、そのへんのスズメとかを殺すのは簡単です。だけど子供を連れているイノシシを躊躇《ちゅうちょ》なく撃てますか？　無理ですよ。そんな相手を殺したって面白くないんです、人間はそういう風にできてんですよ」

「……」

「何笑ってるんですか？　唐原さん」

「私……娘だったら、余計興奮しそう」

「……」

「タブーを破る快感って言うか……」

「唐原さん……」

「それいいね。思いつかなかった。藤枝さん。そうか、娘かあ。でも、二人しかいないしな。二回味わったら、それで終わりになっちゃう」

「唐原さん、あの」

「ああ、ごめん。話が脱線した。でもね藤枝さん、よく考えて？　今は殺して面白いとか面白くないとか、そんなこと言っている場合じゃないよ」

「……」

「私たちの犯行を隠すために、殺さざるを得ないんだから」

「私には無理です」

「じゃあどうするつもり？　私が殺すの、見てる？」

「……それもできません。できないんです……」

「なるほど。隠れ場所を私に伝えないのもそのためか。うーん、困ったね」

「唐原さん。彼らを見逃すわけにはいかないでしょうか？」

「……本気で言ってる？」

「……はい。彼らも正確な現場を見たわけではありませんし、犯人の目星すらついていないと思います。彼らはもう二度と『夜』に足を踏み入れないでしょう。いえ、踏み入れないように私が指導しま」

えひゅっ。

空気が漏れるような音がして、緑色の光が一つ、地面に落ちた。

地面の上で二つの緑色の光はびくびくと振動し、赤外線が周囲の森を、下から上へと不規則に照らし出す。暗視双眼鏡を外して闇に眼をこらすが、何が起きているのかはよくわからない。黒い影が二つ、道の上で組み合うように繋《つな》がっているのがかろうじてわかる。

草が震える音がする。何か硬いものが硬いものに当たる、かちんかちんという音もする。

がさがさ。がさがさ。がさがさ。

藤枝。

藤枝って……まさか、生物のハゲフジか。

僕は文系なので彼の授業を受けたことはないが、教員紹介の冊子で顔を見たことはある。五十代後半くらい、定年間近の穏やかな顔をした老教師だった。少し薄くなった頭と、銀縁のメガネが特徴的だった。

しゅう。しゅう。

口以外のどこかの穴から、息をするような音がする。粘り気のある肉をこねるような、にちゃにちゃという音もする。

「唐原さ」

そこで何が起こっているんだ。

「ぴょっ」

先ほどまでの会話は途切れ、意味のない音がいくつか飛び交うのみ。

「あっ。えっ」

何だよこれは。どうなってるんだ。何もかも悪い夢なんじゃないのか。頭を抱えたくなる。

僕は二つの緑色の光から十メートルほど離れた、ケヤキの根元に座り込んでいた。少し先には公衆便所があり、藤棚がある。僕の目の高さに生い茂るツツジの葉の間から、緑の光がちらちらと覗《のぞ》く。

さっきまで聞こえていた話し声が消え、急に音がしなくなった。かすかな水音や、虫の声がやけに大きく思える。

死んだのか？

藤枝が、殺されたのか？

何と言うあっけなさだろう。嘘みたいだ。今日は人が死にすぎる。こんなに人が死んでいいのか。死んだり、殺したり……あまりにも簡単に。

緑の光が闇を切って走る。

でこぼこした木の表面が、藤棚の柱が、ベンチが、コンクリート製の便所の壁が……かわるがわる、緑色に光る。そこにいる人間が、暗視ゴーグルであたりを見回しているのだ。

僕の体は凍りついたように硬直してしまった。少しでも動けば、見つかる気がした。双眼鏡を持ったまま息を止め、目を閉じる。そうしなければならないように感じた。僕の世界は本当に真っ暗になった。

すいと緑の香りが鼻先を抜けた。不思議だ。突然嗅覚《きゅうかく》が鋭く機能し始めたような気がする。土の匂い、枝の匂い、幹の匂い……わかる。血液の匂い。むわっと立ちこめるようなその匂いを吸うと、自分が血まみれになるような気さえした。その中に混じって、どこか懐かしい匂いがした。

……エミだ。

匂いでわかるなんて、僕は犬か。

でも、確かにエミの気配がする。それがわかる。すぐ近くだ。すぐ近くにエミが……。

エミ。

見えてしまえば明らかだった。

暗闇の中、寄り添いあって座り込んでいる影がわかる。

そこに擬態している昆虫の存在を知ってから写真を見るように、彼らの輪郭が線となって認識できる。エミ。マサシ。キョウカ。そして、ミチコさん。良かった、全員無事じゃないか。

四人は公衆便所の陰に隠れていた。あたりを探している唐原からは、便所のコンクリート壁が障害になって見えはしない。

僕の潜んでいる茂みからはほんの二メートルほど先だった。

ほっとして思わず涙が溢《あふ》れそうになるが、すぐに自分に言い聞かせる。

安心するのはまだ早い。

すぐそこには「サークル」の唐原がいる。幸い、まだこちらの位置には感づいていないようだが……じきに他のメンバーも集まってくるだろう。何人かでしらみつぶしに探されたら、すぐに僕たちは見つかってしまう。

逃げるチャンスは今しかないんだ。

ふいにするわけにはいかない。

僕は足元の土を拾い上げ、指先で丸めて小さな塊にし、それを放った。

一つ、二つ。

土に気がついたマサシが顔を上げる。マサシに向かってもう一つ。

「……」

マサシが僕を見て、目を丸くした。メガネを外して潤みかけた目をこすると、少し笑う。

マサシが他の三人に身ぶりで僕の存在を示す。かわるがわる向けられる視線。暗い中でもみんなが僕の無事を喜んでくれているのが感じられた。

僕は唇の前に指を立てながら、顎《あご》で唐原の方向を示した。

マサシもわかっているという様子で頷《うなず》く。

意思の疎通はできている。

よし。

僕の頭の中で、もうプランはできていた。

公衆便所のさらに奥、西側に進んでいくと、たくさんの木が生い茂る場所を抜け、歌川通りの方に出られる。見つからないように木や茂みを盾にしつつ、暗視双眼鏡で唐原の視界を確認しながら、ゆっくりとそっちに逃げるのだ。そのまま歌川通りに抜けられれば何の問題もないし、万が一見つかったとしても全力疾走で逃げればなんとかなるように思える。相手がいかに恐ろしい殺人鬼だろうと、走る速度は僕たちとさほど変わらないはずだ。

そう、相手をむやみに恐れることはない。

冷静に考えれば、結局のところ同じ人間じゃないか。

こっちは相手の視界がわかるんだ。笛のサインにも見当がついている。種がわかれば、どうということもない。

怖くないぞ。

僕は暗視双眼鏡で唐原の方向を見る。

唐原の暗視ゴーグルは、公衆便所とは反対側を向いているようだ。藤棚やベンチのあたりに気を取られているらしい。

今だ。

僕は茂みを飛び出し、公衆便所までの数メートルを駆け、マサシの横に飛び込んだ。

無言で歓喜をわかち合い、僕はかわるがわるみんなの手を握る。

念のため暗視双眼鏡で確認するが、気づかれた様子はない。

余裕じゃないか。全然見つからなかった。

ミチコさんが涙ぐみながら僕を見つめている。キョウカが満面の笑みを浮かべている。

マサシはもう泣きながら笑うような変な顔をしていた。僕も声を出さずに笑う。

そうしてみんなの顔を見比べていた時、エミが突然僕に抱きついた。

小さな体で、きゅうっと力いっぱい僕を抱きしめるエミ。心配だった……怖かった……帰ってきてくれて良かった……もう離さない。そこに一言も会話はなかったが、エミの気持ちが伝わってくる。

温かくて、何か懐かしい匂いがした。

ずっとそうしていたいと思えたが、そうもいかない。僕はエミを軽く抱きしめ返すと、そっと体を離す。

そしてみんなに耳を寄せるようジェスチャーし、小声で言った。

「ここを離れて、逃げよう」

四人の顔がくもる。

「大丈夫。これ、暗視双眼鏡だ。相手の視界を感知できるんだ」

「し、視界が……？」

「これを使えば見つからずに逃げられる」

僕はあえて断言する。強い言葉を使っておきたかった。

あれこれ議論している暇はない。絶対に大丈夫なんだと、僕は四人に、そして自分自身に言い聞かせた。

僕は歌川通りの方を指で示しながら続ける。

「僕が合図したら、みんなで進むんだ。できるだけ静かに気配を消して。僕が先頭で奴の視界をチェックする。僕が手を上げたら、その場で隠れて息を潜めてくれ。手を回したら……進む。この繰り返し。ＯＫ？」

四人は半ば呆然《ぼうぜん》としながらも頷いた。

よし。

動くなら早い方がいい。僕は暗視双眼鏡で唐原の視界をさぐる。

最高だ。

唐原は藤棚の先、池のそばあたりにいるらしい。緑色の光はあたりのベンチをぼんやりと照らしている。さっきよりも距離は開いた。どうやら神様は僕に味方しているようだ。

「行こう」

僕は手を回し、進めのサインを出しながら足を踏み出した。

順調だった。

僕たちは木から木へと身を隠しながら、日野川公園の出口に向かって進んでいく。

僕は数歩ごとに暗視双眼鏡を構えて確認したが、唐原の暗視ゴーグルがこちらを向くことはなかった。すでに百メートルほど進んだ。歌川通りまではもう百メートルもない。

僕は遠くで静かにたたずんでいる緑色の光を見て思う。そんな道具まで使っているくせに、大したことないな。やっぱり僕の考えは間違ってなかった。「サークル」、恐るるに足らず。冷静に対応すれば十分に戦える……。

そんな気持ちで心が満たされ、鼻歌でも歌いたくなっていた時だった。

突然、ばきばきと枝が折れる音がした。

後ろから息を呑《の》む音、それから葉と枝がこすれる音。

はっと振り返る。

僕のすぐ後ろを歩いていたミチコさんがツツジの中に倒れていた。

「ごめん、私……」

暗い中で足を滑らせたのか。倒れたところが土だったらまだよかったのだが、運悪くツツジの中に突っ込んだようだ。ミチコさんは必死で立ちあがろうとするが、そのたびに枝の繊維が断裂する耳障りな音が響く。

聞かれただろうか。僕は暗視双眼鏡を闇中《あんちゅう》に向かって構えた。

体がすくむ。

公園の奥で、暗視ゴーグルがこちらを向いていた。

正面から見て初めてわかったが、唐原の暗視ゴーグルは赤外線を放つ部分が二か所あるらしい。双眼鏡の視界では、横に緑の光が二つ並んで見えた。僕に向けて真っすぐに放たれている光。それはまるで獲物を見つけた爬虫類《はちゅうるい》の眼球のように感じられる。

今、唐原と目が合っている。

そう直感した時、僕の背中に寒気が走った。

「逃げろ！」

僕は叫んでいた。

「走るんだ！」

マサシが、エミが、キョウカがはじかれたように走り出す。枝をかきわけて、土を蹴《け》り飛ばして。音が大きく響くが、もうそんなこと関係ない。

唐原は明らかに接近してきていた。らんらんと光る緑の目は滑るように闇を進み、僕たちに迫りくる。見つかっている。間違いない。

僕はまだ倒れているミチコさんの手を摑《つか》み、引っ張り上げるようにして起こした。ミチコさんは僕の乱暴なやり方に顔をしかめたが、すぐに体勢を整えると、ふらふらと走り出す。僕は後ろからその背中を押した。

「走って！　早く！」

返事の代わりに荒い息遣い。エミたちに遅れること数十秒、僕たちもまた全力で唐原から逃げ始めた。

逃げ切れるか。

逃げ切れるはず。

かなりリードは稼いである。ミチコさんを急《せ》かしながら走れば、追いつかれるよりも早く歌川通りに出られるだろう。大丈夫だ。

さっき路地を走った時とは異なり、公園の地面はでこぼこしている。石や根っこといった障害物も多い。これは気を抜くと転んでしまうな。僕は足の裏に神経を集中する。

「あっ！」

前を走っていたミチコさんの姿が消えたと思うと同時に、足元に衝撃が走った。何か温かくて柔らかいものを踏んづけた。この女、また転んだのか。やばい。僕はそのままバランスを崩し、地面に倒れ込む。咄嗟《とっさ》に出した掌《てのひら》に鋭い痛みが走った。口の中に土の味。

「ご、ごめんなさい」

謝るミチコさんに、僕は叫ぶ。

「急いでくれよ！」

かなり苛立《いらだ》っているように聞こえたかもしれない。僕は焦っていた。お前、どうしてこんな時に転ぶんだ。それも僕を巻きこんで。死ぬならお前一人で死んでくれ。僕はお前を助けにここまで来たわけじゃない。

おずおずと手を差し出すミチコさんを無視して立ち上がると、また走り出す。体にはまだ痛みが残っている。しかし、近づいてきているであろう緑の目を思うと、立ち止まるわけにはいかない。

いつの間にかエミたちとはかなり距離が開いてしまっていた。さっきまでは前を走る足音が聞こえていたのに、今聞こえるのは後ろから迫る足音だけだ。

この足手まといのせいで、僕は……。

舌打ちでもしようかと思った時だった。

「うわ、うわ、うわあああああ！」

マサシの絶叫が聞こえてきた。ちょうど歌川通りと日野川公園の間、急な坂道になっているあたりからだ。

何か恫喝《どうかつ》するような声もする。

嫌な予感がした。

走る速度が落ちるのを承知で、僕は暗視双眼鏡を前方に向けた。

無数の緑の目が、前方から僕たちを見ていた。

緑の目は全部で五つ見えた。

光の固まり具合から、どうやら暗視ゴーグルを装備した人間が二人いるらしい。一人は二つ目、一人は三つ目。歌川通りの前に立ちふさがるように、こちらを見据えている。

距離から考えて、エミたちは彼らに捕捉《ほそく》されたと考えて間違いない。

嘘だろ。

どうして前から来るんだよ。この入り口は日野川公園に入る道としては遠回りのはずだ。笛に従って集合しようとしていたなら、そこを通る必要がない。おかしい。まさか僕は、大変な間違いを……。

頭が混乱して、体が動かなくなってしまった。

そんな僕の体を、ほとんど体当たりでもするようにミチコさんが横から突き飛ばす。体を支えきれず、そのまま脇の地面に倒れ込んだ僕の上に、ミチコさんが覆いかぶさるように乗っかった。

「息を殺して」

そう囁《ささや》かれる。

言われるがままにする僕の耳もとに振動が走り、誰かが歌川通りの方へ駆け抜けて行った。

パニックになっているらしいエミたちの声にまぎれて、ごく落ち着いた声が聞こえてくる。

「遠藤さん。仲津田さん。一人も逃がさないで」

「唐原さん、わかっています」

「そちらで確認した数は？」

「男一人、女二人」

「足りない」

「足りませんね」

三匹の緑の目を持つ怪物たちは、闇の中で集合していく。よく見えないが、そこでは三匹に囲まれるようにしてエミたちが……。

僕は声を出すこともできず、口の中に苦い唾液《だえき》が広がっていくことにただ耐えている。

「唐原さん、ここで殺しますか」

「遠藤さん、待って。いったん、動きだけ封じて」

「唐原さん、なるほど。他の仲間の居場所を聞くわけですね」

「遠藤さん、その通り」

「一人が一人を確保。仲津田さんはその女を」

「はい」

「逃げるようなら殺して」

「わかりました」

「女、確保」

「男は確保してます」

「女確保。三人捕えました」

「よし」

闇の中を飛び交う喧騒《けんそう》。エミが、キョウカが、マサシが……敵の手に落ちていく。僕は地面の冷気を全身に感じながら、ただ息をひそめている。

どうしたらいい。

ここから石でも投げるか。いや、エミたちに当たるかもしれない。大声を上げて気を引こうか。そんなことで慌てる奴らではなさそうだ。冷静に追いかけてこられたら、ただ自分の位置を教えるだけになってしまう。こうなったらいっそ、ダメ元で殴りかかるか……。

「動いちゃダメ」

僕と重なりながら、ミチコさんが囁く。その柔らかな体が、僕を包み込むように温める。

「今向かって行っても、勝ち目ないよ」

「……」

ミチコさんの声は冷静だった。

僕は歯を食いしばる。

「遠藤さん、今、何時？」

聞こえる。

「唐原さん、二十四時十五分です」

唐原たちの声が聞こえる。

「ＯＫ。いいペースだね。簡単だな、ネズミ狩りは」

くすくすと笑い声。

「今回は人数が多いので難しいかと思いましたが、そうでもないですね」

「いっそ制限時間は半分でも良かったかもしれない」

「唐原さん、半分でも大丈夫ですか」

「結局のところ、習性は変わらないからね」

「習性？」

「そう。習性。彼らと私たちは、違う生き物。だから習性が違う。彼らは人を殺したことがない。殺すことができない。私たちは、殺すことができる。捕食者と被食者の関係」

「……」

「スズメバチが五匹も集まれば、巣を守るミツバチ三千匹を三十分で全滅させられる。スズメバチの前にミツバチは一方的に食いちぎられ、蹴散《けち》らされる。圧倒的に能力が違う。私たちもそれと同じ。彼らが何人いようと、どう浅知恵を働かせようと、結局私たちの前に全滅するしかないの」

「習性が違うとかはよくわかんないすけど、結局ワンパターンですよね。俺たちに襲われた人間の行動は」

「仲津田さんの言うとおり。彼らは私たちと戦えないんだよ。人を殺すことができないからね。だから逃げるしかない。彼らは臆病《おくびょう》で弱虫で、そして楽観的だ。自分の能力を過信してる。逃げ切れると思ってる。もちろんそうなるのも無理はない、私たちという天敵に出会うのが初めてなのだから」

「我々は天敵ですか」

「天敵と戦ったことがないから、どうしたらいいかわからない。とにかく逃げられそうな場所に向かって真っすぐ逃げようとする。いい隠れ場所を見つけたのならそこに辛抱強く潜んでいればいいのに、距離を取ろうとする。そう、簡単さ。ちょっと隙を見せてあげて、逃げ道を示してあげれば、簡単に出てきちゃう」

ニヤニヤと笑う「唐原」の表情が見えるような気がした。

同時に、僕は激しく震えていた。

まさか、全て彼らの考え通りだったと言うのか。

あの日野川公園の公衆便所付近で、僕が逃げようとすることを見越して「唐原」はわざと藤棚の方を見ていたと？　考えてみれば藤棚の方にはベンチがあるだけで、その先は池だ。本気で僕たちを探そうとしていたら、公衆便所の方を先に探すはずだろう。

そうして隙があるように見せかけた上で、歌川通りの方に逃げ道を残し……僕たちをそちらに誘導して、挟み撃ちにしたと……？

震えが止まらなかった。

何もかも「唐原」に見透かされている。

スズメバチとミツバチ。そうだ、確かに僕たちは人を殺せない。仮に僕たちがナイフを持ち、「サークル」が素手だったとしても……無理だろう。ナイフを人の体に刺し込むことができるとは思えない。目をつぶって闇雲に振り回すなりすれば当たるかもしれないが、下手をすれば奪われて逆に殺されてしまう。

これは物理的な問題じゃない。精神的な問題だ。

殺人は、物凄《ものすご》くストレスを伴う行動だと、僕たちは刷り込まれている。

逆に言えば、冷静に急所を狙ってナイフを突きだせる「サークル」の人間が異常なのだ。

つまり、それが捕食者ということだ……。

僕たちは林檎《りんご》をもいで食べる時にストレスなんか感じない。林檎を捕食できるから。そして「サークル」の奴らにとって、僕たちは林檎と同じなのだ。

僕たちの喉《のど》を狙ってナイフを振り下ろす時も、林檎の食べやすい切り方を意識するのと同じような気分でいるのだ。

逃げることを放棄して、真っ向から戦いを挑んだ方が「唐原」は困っただろう。僕たちも相手を殺すつもりで戦えば、身体能力に大きな差があるわけではない。多少傷は負うだろうが、撃退できたかもしれない。

しかし僕は逃げることを選んでしまった。いや、逃げることしか選べなかった。そして「唐原」はそれを知っていた。

何とかなるだなんて……勘違いもいいところだった。激しい後悔と絶望が心の中で荒れ狂う。

能力が違いすぎる。

彼らは捕食者なのだ。僕は彼らの掌《てのひら》の上でしか存在できない。

「今はこらえて。さっき言ってたけど、あいつら、みんなをすぐに殺す気はないみたい。後できっとチャンスが来るよ」

ミチコさんが言う。

しかし言われなくとも、僕はもう動けなかった。

手足が痺《しび》れるような感覚があり、体に力が入らない。

捕食者。捕食者。捕食者。

食われる。

威圧されるとはこういうことか。恐ろしくて動けない。

彼らはエミたちをすぐには殺さないと言っていた。だから何だ。僕たちの居場所を聞く間だけ、殺さないという話にすぎない。エミたちは僕の居場所を言うだろうか？　言わないかもしれない。けれど関係ない。僕たちの考えは全部「唐原」にお見通し。どう逃げようと、見つかるだろう。

僕にはエミを助けることなどできない。僕は無力だ。かなわない。

結局はみんな殺される。僕も、エミも、全員。

殺される。

僕たちの四肢が乱雑に公園に散らばっている。そんなイメージが頭の中を通り抜けて行った。

「そういえば、唐原さん。藤枝さんは一緒じゃなかったんですか？　笛の連絡では、二人と二人で挟み撃ちだという話だったと思いますが」

「ああ。藤枝さんなら私が殺した」

「……は？」

「遠藤さん。説明が足りなかったね。藤枝さんは、人を殺すのをやめようと言いだしたの」

「ハハハ。マジすか。あのじいさん、ボケてますね」

「仲津田さん、大きな声は出さないように。誰が聞いているかわからない」

「はいはい……スンマセン」

「どうも、今回の獲物が藤枝さんの勤務する学校の生徒だったらしい。生徒を手にかけることはどうしてもできないって」

「へえ。意外に道徳的なんですね。なら、最初から『サークル』に入らなければいいのに」

「そうだね。自殺スポットの情報を流して獲物を釣る方法を考案したのは藤枝さんだったし。えげつない人間かと思いきや、変なところで真面目だった」

「まあそれは、死んで当然ですね」

「ああ。そんな奴のせいで捕まるなんてまっぴらです」

「認識が同じで安心したよ」

「藤枝さんは結局、半端者だったんですよ。俺が死体を分解してる時も、あいつは目玉を眺めているだけだった。本当に人を殺すのが好きなんだったら、目玉以外だっていじりたくなるはずなんだ。チキン野郎ですよ」

「それは仲津田さんだけの理屈だと思うけど」

「ところで唐原さん、藤枝さんの死亡は確認したんですか？」

「遠藤さん、完全に確認してはいない。そのあとすぐに獲物が動き出したから。ただ、肺を破ったから、動けはしないと思う」

「なるほど。しかし肺を刺されるなんて、藤枝さんにしては随分油断してたみたいですね。

とりあえず、藤枝さんの死亡を確認しましょうか。位置は？」

「こっち。そいつらも連れて行こう」

「ええ」


声と足音が少しずつ遠ざかっていく。

会話がほとんど聞こえなくなった時、僕は自分がひどく汗をかいていることに気がついた。腕で額を拭《ぬぐ》う。じっとりと手が濡《ぬ》れる。

「もう大丈夫……かな」

ミチコさんも少し安堵《あんど》したような声を出し、僕を押さえる手の力を弱めた。

地面に座り込むミチコさんの前に、僕も座る。

「ごめんね、突き飛ばしちゃって。あの時はああするしかないと思って……」

申し訳なさそうにするミチコさんに、僕は頭を下げた。

「いえ。……あのままだったら見つかってました。ありがとうございます」

さっきは転んだミチコさんに腹が立ったが、結果的にそれが僕たちを助けた。ただ真っすぐ逃げていたら、全員「サークル」に捕まっていただろう。

「気にしないで」

「……はい」

暗い中で、僕はミチコさんの顔を覗《のぞ》きこんだ。

この人は不思議な瞳《ひとみ》をしているな。この世界を違う方向から見ていると言うか……。涼しげでもあり、悲しげでもある目。一度自殺を決意した人の顔というものだろうか。

「あなた、あの女の子たちを助けるつもりなんでしょう」

ミチコさんに言われて、僕は思わず震える。

そうだ。助けたい。助けたいけれど……。

正直、もう唐原たちと戦いたくなかった。怖い。自分の心が折れているのがわかる。矛盾しているようだが……あいつらともう一度相まみえるくらいだったら、殺されてしまった方がマシだとすら思えた。

「……」

僕は答えることができずに下を向く。

「私、協力する」

ミチコさんの声は僕とは対照的に、力強かった。

さっきの「サークル」の会話をミチコさんも聞いていたはずなのに。僕のように心が潰《つい》えるどころか、ミチコさんの中には闘志が湧いてきているようだった。

「私に考えがあるの。聞いて」

ミチコさんは静かな表情のまま言った。

「……考えって何ですか」

僕は自分の右肘《みぎひじ》を左手で、左肘を右手で押さえている。自分の体を抱え込むようにしているのだが、それでも震えが止まらない。ぶるぶると振動する自分の肋骨《ろっこつ》の間で、肺が頼りなく空気を吐き出した。それがまるで諦《あきら》めのため息のように、声と一緒に僕の口から漏れ出る。

「僕にどうしろって言うんですか……」

闇の中を泳いでいた緑色の目を思い出す。暗視ゴーグルをつけた「サークル」のメンバー。唐原。遠藤。仲津田。それぞれがどんな人相で、どれくらいの年齢なのかはわからない。彼らの表情は僕の想像の中で次々と恐ろしげなものへと姿を変えていく。

あんな奴ら相手に、どうしろと？

「すっかり怖くなったみたいだね」

ミチコさんがさらりと言う。

心の奥を見透かされて、僕の体はびくりと反応した。

「……そりゃ怖いですよ」

「……」

「怖くないわけがないでしょう？」

「……」

「何ですか。あんな話を聞いて、怖くない方が……」

「私、怖くないよ。むしろ、笑えてきちゃった」

僕はミチコさんの顔を覗きこむ。

何を言っているんだこいつは。

「どうして怖いの？　あんな奴らのこと」

「どうしてって……」

「ね、これも怖い？」

「え？」

ミチコさんは袖《そで》をまくると、腕をぐいと突き出した。

この暗さではよく見えない。僕は必死で目をこらす。細く白い腕。ほどよく筋肉がついていて、とても綺麗《きれい》だった。しかしその手首に、横に走る何本かの傷跡を見つけた途端、僕は後ずさりする。

「……」

リストカット。

癒《い》えてなおくっきりと浮かび上がる傷。よほど深いものに違いない。自分の手首に刃物を当てるミチコさんを想像して、背筋がうすら寒くなる。

「手首切ったことある？　ないよね。君、平和そうだもんね」

「あ、ありませんよ」

「よくさ、切った手首を浴槽につけて自殺するシーンとかあるじゃない？　出血が止まらなくて、少しずつ体温が下がっていって……目を閉じて、やがて訪れる死をやすらかに待つ……悲しい自殺のシーン。私ね、やってみたの」

「そうですか」

何が言いたいのだろう。その意図が推し量れず、僕はただミチコさんの目を見る。

「あれ、嘘だから」

「え？」

「実際は凄《すご》く苦しいの。手首の動脈を切ってしまうと、痛くて苦しくて、とてもじっとしてなんていられない。叫んで、暴れまわることになる。体がもう、勝手に動いちゃうのよ。痛みに耐えられなくてね。想像してみて。部屋中を獣のように暴れまわる自分。手首からは血が噴き出し続けている。まるで殺人現場みたいに、血と汗とが荒れた室内に撒《ま》き散《ち》らされて……優雅な自殺シーンとは、まったく別物の空間なんだよね」

「……」

「ほとんどの人はそんなこと知らないわけ。そう、ためらい傷くらいで終われる人はそんな惨状にはならないからね」

「そうでしょうね」

「あの時私、感じたんだ……。苦痛に歯ぎしりして、唸《うな》り声を上げながら、血の手形で埋まって行く室内を眺めて、顔をひきつらせて部屋に飛び込んできた友達の顔を見て……」

僕はごくりと唾《つば》を呑《の》む。

「ああ、私はつくづく……人間じゃないんだなあって……思ったの」

そう言って微笑むミチコさんの表情は、確かに人間離れした気配があった。

「私って昔からそうだったの。人間らしい行動ができなかった。社会のルールは守れなかったし、団体行動ではいつも空気が読めなくて足を引っ張ってた。相手にそんなつもりがなくても勝手に傷ついちゃったり、軽く冗談を言おうとして相手を怒らせちゃったり、そんなことの繰り返し。うまくできなくて、怖くて悲しくて、自殺を決意したのはいいけれど、死ぬときまで空気が読めないってわけ」

「……」

「結局友達が救急車呼んでくれて、私は処置されて一命を取り留めたのね。あの時、友達は心底私のこと理解できないって感じたと思うの。それから、私は凄く怖かった。こんな時でも冷静にてきぱきと救急車呼んだり、応急処置してくれたりする友人が、怖かった。救急隊員さんに状況を説明したり、住所を伝えたり、保険証を用意したりしてくれる、その全てが怖かったの。わかる？　なんかそういう社会の仕組みそのものが怖くて、そして社会にきちんと適合できている人が怖かったの。別の生き物みたいに感じたの」

　少し理解できる部分もあった。

　人間の社会はうまく出来すぎている。僕が生まれるずっと前から。夜制度、義務教育、生産、流通、消費……義務を果たせば権利が得られる。全員がちょっとしたルールに従うだけで、幸せな生活を送っていけるようにできている。そのルールに逆らうのは簡単だけど、基本的には誰も逆らおうとはしない。逆らうデメリットの方が大きいようにできているから。まるで社会は自己修復の仕組みを持つ、巨大な生き物のようだ。そうして数多の困難を乗り越え、あのエネルギーショックすら、日常に吸収したのだ。

　そんな社会の一部であることに漠然とした不安を感じもする。

　ただ、ミチコさんのように社会への恐怖を剝《む》きだしにしている人は初めて見た。

「今でも同じよ。私は友達のことが怖い。あなたたちのことも怖い。これからあなたたちは学校を卒業して、就職して、上手に生きていくんでしょう。そんなことが普通にできてしまう、あなたたちが恐ろしい……」

　ミチコさんの涼しげな目の理由がわかった気がした。

　この人は、僕たちに対しても恐怖を感じているのだ。壁を作っているのだ。

「一体何が言いたいんですか……」

　僕は耐えきれなくなって口に出す。

これ以上気持ちの悪い話は聞きたくないんだが。

「あら、ごめんね。わかりにくかったかしら」

「わかりにくいって言うか……」

「つまり、『サークル』の人たちも私と同じってことよ」

「え？」

ミチコさんはニコニコ笑いながら続ける。

「私ね、あの人たちの気持ちわかるの。あの人たち、結局社会に適合できない人でしょう。同じなの、私と。あの人たちが何を考えているのかよくわかる。そうね、例えば……」

ミチコさんは目を閉じ、闇の中で聞こえてきた「サークル」の声を一つ一つ真似るようにして言う。

「どうしてみんな人を殺さないでいられるのかわからない……」

唐原の、高くて張りのある声。

「本当はみんな、殺したいんだろう？　そこまでいかなくても……怖いものを見たいんだろう？　そういう感覚、あるんだろう……？　勇気がないから、やらないだけでさ……え……？　ないの……？　どうして……」

遠藤の、几帳面《きちょうめん》な印象の声。

「怖い……自分はみんなと違う。みんなと同じような顔をして暮らしているけれど、全然違う」

藤枝の、細い声。

「俺たちと同じじゃないの……？　お前ら……なんなの？　違う生き物なの？　なら、どうして俺……違う生き物の中に、生まれてきたの……？」

仲津田の、ややぶっきらぼうな声。

「一人ぼっちは、怖いよ……」

最後にミチコさんの声。

僕は何も言えず、ミチコさんを見つめる。

「『サークル』も私と同じなの。臆病《おくびょう》で、人間になりきれない半端者。あなたが『サークル』を怖がる必要なんてない、本当に怖がってるのは『サークル』の方なんだから」

ミチコさんはまるで彼らと深く繫《つな》がりあっているかのように、彼らの心情を吐露してみせた。そこには不思議な説得力があった。

「さっき、唐原が偉そうに話していたじゃない。自分たちの方が強い種族だとか、何とか。あれは必死で自分に言い聞かせていたんだよ。どう理屈をこねようと、彼らが『夜』の間しか本性を現せないことに変わりない。警察の目に怯《おび》えて、闇に隠れて……ひっそり生きている。『昼』の間は人間の作り上げた流通網や社会制度に依存して生きるしかないんだ。殺す対象である人間に頼って生きている……『昼』から追い出されて『夜』の中でしか生きられない……弱くてちっぽけで、哀れな存在なんだよ」

　哀れな存在……。

「私とそっくり同じで笑えるわ。人間が怖いくせに、社会が怖いくせに、それがなくては生きられない。矛盾した生物。正体がばれないように必死で人間を演じている、悲しい生き物。そんな弱い存在が、人間の作り出した『夜』という制度のおかげで、何とか居場所を得られているというのも……皮肉よね。ふふ」

　ミチコさんは自嘲《じちょう》気味に笑ってみせた。

「どう？　怖がる必要なんてないでしょう」

「……そういう風に考えるというのは、思いつきませんでした」

「あなたたちは普通に人間として生きていける人だからね。私のように落伍《らくご》した者しか、この気持ちはわからないかも」

「そうなんですか」

「そう。自分ではわからないみたいだけど、生物としての力はあなたたちの方が上。あなたたちの方が……結局のところ、強く、えげつなく、私たちを食い物にして生きて行くのよ。最強はあなたたち……」

「はあ……」

「ごめんなさいね、変なことべらべら喋《しゃべ》っちゃって」

「いえ。でも、だからどうすればいいんですか」

「え?」

「その話が、エミたちを助けるのにどう役立つって言うんですか」

「簡単よ。彼らを退かせるには、彼らが一番嫌がることをしてあげればいいの……。何を嫌がるのか、私にはよくわかる」

眉《まゆ》をひそめる僕に、ミチコさんはもう一度微笑んだ。


「……スミオ?」

「……」

「僕だ、アキラだ。スミオ?」

「……あ……」

「スミオ、いたか」

こちらを向くスミオの姿を確認して、ミチコさんも頷《うなず》いた。

「……生きてたのね」

雑居ビルの陰で、スミオはうずくまっていた。別れた時とほとんど変わらない姿勢。どうやらずっとそこに隠れていたらしい。

「ああ、アキラかよ……」

その声は弱々しかったが、小さな安堵《あんど》が感じられた。

「遅いから、死んだのかと思ってたぜ」

スミオの手の傷は相変わらず痛々しい。ずっと自分で押さえていたのだろう、両の手は血だらけだった。ただ応急処置で行った止血の効果があったらしく、出血はだいぶおさまっている。

「幸いミチコさんと僕は、無事だよ」

僕の後ろからミチコさんが顔を出し、頭を下げる。

「ああ。どもっす……」

スミオは気まずそうに一礼した。

「え？　アキラ、お前ら二人だけ……？　まさかあとの三人は」

「いや、死んではいない」

「死んではいないって？」

「捕まったんだ」

「捕まった？」

頓狂《とんきょう》な声を上げるスミオに、僕は頷く。

「死んだも同然だろ、それは」

「……違う」

「何がどう違うんだよ」

「あいつらは僕たちを全員始末してしまいたいんだ。だから僕たちの場所を知るために、エミたちをすぐには殺さないはずなんだ」

「おびき寄せる餌にもなるしね」

ミチコさんが補足する。

「は？　そんなの、殺されるまでの時間がちょっと長くなっただけじゃねーか。もう、三人のことは諦《あきら》めないと、俺たちまでやられちまうぞ」

「スミオ、違うんだ」

「だから何だよ？　まだるっこしい、はっきり言えよ」

「ミチコさんと相談したんだ。向こうがエミたちを駆け引きの道具に使うつもりなら、こっちも道具を用意する」

「道具？　そんなものないだろ。こっちには、交渉のカードなんて何もない。せいぜい泣いて許しを乞《こ》うくらいで……」

「……ある」

「は？　何があるってんだよ？」

僕はミチコさんに向きあう。ミチコさんは穏やかな表情で頷き、スミオに告げた。

「みんなの死体よ」

僕とスミオは、ミチコさんの後ろを歩く。

日野川公園から離れ、七日市街道の方へ。タツヒコが殺されていた交差点の近くまで来たが、あたりに死体は見当たらないようだ。

「このへんのはずなんだけどな。暗くてわからない」

「待って。その前にちょっとその装置で周りを確認して」

ミチコさんが僕に手で促した。

僕は頷くと、暗視双眼鏡であたりを確認する。

一瞬どきりと体がすくむ。

街道に面した自転車置き場の中に緑色の光がこうこうと輝いているのが見えたからだ。

しかし光には動きがない。また、その位置もかなり低く、地面すれすれだった。もしあの光が暗視ゴーグルをつけた人間なら、狭い所にはいつくばっていることになる。

僕はもう少し倍率を上げて観察する。

「どう？　何が見える」

「地面に何か……光るものが置かれてる。人の姿はない」

「光るもの？」

「何か小さい、細いもの」

「俺にも見せて」

スミオが言うので、僕は双眼鏡をスミオの目の前に差し出してやる。

「……あれ、IRケミカルライトじゃないか？」

「ケミカルライト？」

スミオは手で何かを折るような動作を見せながら言う。

「ライブとかで使うやつ、知らない？　細長い棒みたいになってて、こうポキッて折って使うの。すると中で薬剤が混ざって、発光する」

「ああ。青とか赤とかに光るやつか」

「そうそう。ケミカルライトって色んな種類があってさ、中には赤外線色ってのもあるんだよ。その光は当然暗視装置のたぐいでしか見えない。IRケミカルライトって言うんだけど……」

「そんなの、何に使うんだ？」

「暗視ゴーグル装備の軍隊が、確保した場所に置いて安全を示す印にしたり、合図に使ったりするんだ。サバゲーでも使ったりする」

「それが置かれてるってことは……」

「『サークル』が何かの目印として使ってるんでしょうね」

ミチコさんはすうと自転車置き場に向かって歩き出す。

「ミチコさん……」

僕とスミオはおそるおそるその後に続く。

何かの目印って、何だ。目印をつけておく必要があるものなんて、そんなに多くはないはずだ。

ずいずいと進んでいったミチコさんは、自転車置き場のコンクリート壁の陰を見て、頷いた。そこはケミカルライトが置かれていた場所でもある。

「これかな?」

掃除用具などが並んでいるそこに、ビニールシートで包まれた大きな物体があった。ミチコさんはそれを躊躇《ためら》いなく開いていく。がさがさとビニールの音が夜の街に響く。僕たちは固唾《かたず》を呑《の》んでそれを見る。

「あったよ。死体」

半分ほどかれたビニールの端から、裸の足が飛び出していた。

それは闇の中で、極端に白く感じられた。

「マジで、運ぶのかよそれ」

スミオが嫌悪感をあらわにして言う。対してミチコさんの返答は飄々《ひょうひょう》としたものだった。

「そうよ。決まってるじゃない」

「それが、『サークル』が一番嫌がること……？」

「当然でしょ。『サークル』は人間に紛れる悪魔。そんな奴らが存在していることがばれたら、彼らは結局駆逐されてしまうのよ。だから死体は、朝までに綺麗《きれい》に始末したいはず。そのためにこんなケミカルライトまで使って、死体の位置がわからなくならないようにしているわけでしょ」

「そうなのか」

「そうよ。ケミカルライトは、後で取りに来るという意志の表れ。いったんこうして隠しておき、私たちを全滅させてから全ての死体を回収するんでしょうね。そしてまとめて痕《こん》跡《せき》の出ない形で処理する。ケミカルライトなんて用意しているあたり、今までに何度もこうしてやってきてるんでしょう。手慣れてる感じ」

ミチコさんはすらすらと推理する。しかし目の前のビニールシートの中にタツヒコの死体が収まっているかと思うと、冷静に話を聞くことなんてできやしない。

ビニールシートは細長いが、それでも長身のタツヒコが入るには小さいはずだ。つまりタツヒコは、きっと解体されて……。

「うう……」

スミオが気分悪そうに口を押さえる。きっと僕と同じ気持ちなのだろう。

「私たちが死体を処理できないように隠してしまえば……彼らの所業が明るみに出る可能

性がぐっと上がる。街は猟奇犯罪者の存在に恐怖するかもしれないけれど、もっと怖がるのは犯人たち。何せ昼間は何食わぬ顔で人間社会に溶け込んでいなくちゃならないんだから。周りから疑われていないか怖くて、恐ろしくなる……」

ミチコさんはうっすらと笑っている。

「私、よくわかるから教えてあげる。警察に捕まることが、罪が、死刑が怖いわけじゃないのよ。そんなものは実感がないから怖くない。本当に怖いことは別。自分が人間じゃないことがみんなにばれてしまうのが怖いの。これはもう、本能的な恐怖に近い。社会という巨大な天敵に、擬態を看破された芋虫みたいなもので……わかるのよ。ばれたら、なすすべもなく社会に食い殺されてしまうってことが。だから一生懸命擬態する。一生懸命犯行を隠す。一生懸命、私みたいに引きこもる……」

僕は早口でまくしたてるミチコさんを見る。

「ま、それくらい恐ろしいことだから、これが交渉の道具になるんだけどね……」

正直、その考え方はよく理解できない。「サークル」が異常ならば、ミチコさんもまた異常な人間だろう。でも、今頼れるのはこの人だけだ。「サークル」の気持ちになって考えられるこの人だけ。ミチコさんの力を借りれば、エミを助けることもできるだろう。

僕は言う。

「ミチコさん、わかりました。じゃタツヒコ……死体を、どこに隠しましょうか」

「そうね。見つかりにくければどこでもいいんだけど」

「ユウヤの死体はどうします？」

「藤崎台にある死体？　それもきっとケミカルライトつきで置かれてるんでしょうね。でも、回収している時間がない。とりあえずこれ一つだけ運びましょう」

「はい」

僕は頷《うなず》く。

「おいおい、待てよアキラ。本当に運ぶ気なのか」

スミオは動揺している。

「仕方ないだろう」

「仕方ないでしょ」

「そんな。俺は、死体なんて。こんな……それに、俺、手が……」

エミを助けるために、やらなければいけないんだ。

「スミオはいいよ。手、ケガしてるんだし」

「そうね。暇だったら近づいてくる人がいないか、見張ってて」

「え……？」

ミチコさんがビニールシートの右端を抱える。僕は左端だ。ぐっと力を入れてシートを摑《つか》んだとたん、入っている細くやわらかいものが感じられた。冷たい触感。思わず力を緩めると、それはすとんと落ちた。

覚悟を決めろ。

僕はもう一度、力を込めて持ち上げる。

「よし」

「じゃ、運ぶよ」

「はい」

ミチコさんの合図で僕たちは死体を運び出す。分断された頭部らしき球体が、ごろりと転がってシートにしわを作る。

スミオはさっきから固まっている。小声で何か言っている。

「俺、手をケガしてんのは知ってたよな……？　じゃあ手伝えないってこともわかってたんだよな……。なのに、なぜわざわざ俺のところに来て、合流したんだ？　ひょっとして置かれている自転車にぶつからないように角度に気をつけて、七日市街道の方へ。タツヒコの死体は重い。僕はふうふうと息を荒くする。

「俺が死んでるのを期待してたってこと……？　俺の死体を交渉材料にしようとしてたってこと……？　運べる死体は一つ。あの時日野川公園から一番近い場所にいたのは、俺。俺の死体があるのが一番楽だったけれど、生きていたから……仕方なく、次に手近な死体であるタツヒコを運ぶ。そういうこと……？」

「スミオ。ぐずぐずしてないで、そのケミカルライト拾って持ってきてくれ。後で使えそうだ」

「あ、ああ……」

スミオはケミカルライトを拾い上げる。

ミチコさんはそんなスミオを見ながら淡々と言った。

「早く、行こう。商店街の方なら隠しやすそうだよ」

「わかりました」

「……」

スミオは俯《うつむ》きながらも、僕たちについて歩き出した。


死体は重い。

最初はおっかなびっくりだったが、それでは疲れて仕方ない。僕はビニールシート越しに、タツヒコの腰のあたりをしっかり抱えて運んでいる。それは今まで触れたことのない奇妙な感触の物体だったが、恐ろしい気持ちはいつの間にか薄れていた。

同級生のタツヒコが、勉強し、話し、歩いていた友達が……今はいくつかの肉塊に成り下がり、僕に運ばれている。それがただ、何とも言えず不思議だった。

「あそこ、隠し場所にどうかしら」

ミチコさんが顎《あご》で示した先には、デパートがあった。

「デパートですか。夜間は施錠されてるんじゃ」

「さすがに中には入れないかもしれないけれど。あの倉庫みたいなところ」

言われて目をこらす。

搬入口だろうか。段ボールがいくつも積まれ、雑然としている箇所がある。確かにあそこなら隠し場所になりそうだ。

ミチコさんの指示に従い、僕たちはタツヒコの死体を段ボールの陰に置く。死体をくるんだビニールシートは見事にその場に溶け込んだ。これを見つけるのは余程注意していない限り、難しいだろう。

「さてと」

突然、ミチコさんがビニールシートを縛っている紐《ひも》をほどき始める。

「何をするんですか」

「怖いなら見なくていいよ」

止める間もない。ミチコさんは締め付けがゆるんだビニールシートをがさがさと開いていく。ミチコさんの前に、その中身は全て開かれた。

「えーと……どれにしようかな……」

僕からはシートが遮蔽物《しゃへいぶつ》になって見えない。が、そこにあるものを想像して戦慄《せんりつ》する。

スミオは見たくないのだろう、背を向けて震えていた。

「これが一番小さいかな」

すっと手を差し入れたかと思うと、ミチコさんは腕を一本取り出した。

「う……」

その腕は肘《ひじ》の部分で切断されている。

「スミオ君？　それ貸して」

スミオが目を伏せながら渡したケミカルライトを、ミチコさんはタツヒコの手に握らせる。取り落とすことのないよう紐でしばって補強しながら、にっこり笑った。

「これ持ってって、『サークル』の奴らに見せるの」

言わんとすることは理解できる。

死体を隠した証拠として腕だけを見せ、交渉に持ち込むつもりなのだろう。

生き残るためには何でも使う。死体でも、何でも。

それが合理的だとわかっていても、心では拒否反応を感じざるを得ない。僕は不快感を抑え込むのに必死だった。

「奴らとの交渉は私がやる。一人、私についてきてくれる？　そうね……スミオ君お願いできる？」

「え、俺すか？」

スミオが僕の方を見る。

「ケガしてる俺より、アキラの方が……」

ミチコさんはスミオの話を遮った。

「だめ。アキラ君は予備よ。全員で彼らの前に姿を見せるのは危険すぎる。一人は隠れてもらうの。交渉が決裂したり、想定外のことがあった時に臨機応変に動いてもらうために……予備は、負傷していない、体力のある男性が最適。わかるよね？」

「……」

スミオは不満そうな顔をする。彼からすれば、この作戦にいつの間にか巻き込まれていることが面白くないのだろう。しかしミチコさんの真剣な……いや、狂気をはらんだような瞳《ひとみ》を見て、何も言えずに黙り込んでしまった。

「じゃあ、さっそく行こうか」

ミチコさんは腕を抱えて立ち上がる。

何のためらいもなくタツヒコの腕を小脇に抱えるミチコさんは、「サークル」の人間たちと同じくらいに尋常ではない気配を漂わせていた。

「スミオ君、行くよ。彼らはまだ日野川公園にいるはず」

スミオもため息をつきながらミチコさんの後ろに従った。

「アキラ君は……私たちから距離を取って、様子を見てて」

「はい」

「言うまでもないけれど」

ミチコさんは僕に向き直って言う。

「予備のあなたの動きが、一番重要だからね。何が起こるか、わからないから……心していて」

何が起こるか、わからない。

そんなこと理解してる。とにかくできることをやるだけだ。

エミを助けるために。

「はい」

僕は頷《うなず》いた。


エミを助けるということで、僕の頭はいっぱいになっていた。僕はエミが好きだ。そして、エミも僕を嫌いではないように思う。僕の思い込みでは……ないはずだ。きっと脈はある。

エミを助け、共に生き残るんだ。そうしたら、告白しよう。案外うまくいくのではないか。

僕はマンガや小説の世界と、現実をごっちゃにしていたのかもしれない。まるで自分がかっこいい主人公で、英雄のように立ちまわってヒロインを助けることができるような気がしていた。

現実はマンガとは違う。

好きな人が一瞬で命を落とすこともある。自分が簡単に殺されることもある。そして、もっと悲劇的なことも、ごく当たり前に起こりうるのだ。

僕の頭の中からは、そういったことがすっぽり抜け落ちていた。

闇の中からは歌声が聞こえてくる。

ミチコさんがわざと歌っているのだ。自分の位置を相手に教えるために。僕は歌声のする方向へ暗視双眼鏡を向ける。こうこうとケミカルライトの光が見える。ミチコさんはタツヒコの腕を掲げながら、意気揚々と前進していた。そのそばにはスミオがいる。

弁天通りを抜け、今度は東側から日野川公園に入る。

そのまま西に向かって進んでいくスミオとミチコさん。その先には藤枝が死んだ公衆便所前の空間がある。おそらくそのあたりに「サークル」のメンバーはいるだろうという読みだった。藤枝の死体を処理する必要があるし、キョウカ、マサシ、エミの三人を連れて遠くまで行くとは考えにくい。

このまま進んでいけば、ミチコさんは必ず「サークル」に発見される。

それからが交渉の始まりだ。

僕はミチコさんたちから二百メートルほどの距離を置いて後を追う。

ミチコさんは僕を「予備」と言ったが……その役割の重要性はよくわかっている。例えば交渉がうまく進み、死体の隠し場所と引き換えに三人を解放できたとする。しかしそこで「サークル」が掌《てのひら》を返し、襲いかかられたらそれまでだ。

僕が別行動しているということがそういった事態の抑止になる。

もし「サークル」が裏切ったら、僕が報復として死体の位置を変えるのだ。僕の存在を盾にして、ミチコさんたちは危険な交渉に臨む。

だから、僕は絶対に生き残らなくてはならない。「サークル」のメンバーに発見されるわけにはいかないのだ。

僕は暗視双眼鏡を頻繁に覗《のぞ》きこみ、周囲の様子を確認していた。今のところミチコさんたち以外の光は見えない。何となくだが、ミチコさんたちの動きが鈍っているように感じられる。ひょっとして、「サークル」のメンバーと接触したのだろうか。うまくいくといいのだが。

がさり。

草が擦れるような音がした。やばい。僕は反射的に木の幹に身を隠すと、暗視双眼鏡であたりをうかがう。緑の光は見えない。ほっと息をつく。

気のせいだったたか。「サークル」のメンバーが暗視ゴーグルを使っている以上、僕は彼らの視界を知り続けることができる。これを利用していけば、僕が見つかることはない……。

安心しながら暗視双眼鏡を下ろした僕の目の前に、気配があった。

僕は目をこらす。

わかりにくいが、闇の中に人型のシルエット。

誰かいる。

距離、わずか十メートルほど。池の方へ繋《つな》がる道からこちらに向かってくる。

まさか、暗視ゴーグルをつけずに探索している奴がいたのか？　いや、もしくは暗視ゴーグルの電池が切れたのかも……。

心臓がドキドキと鼓動を強めていく。

落ち着け。

暗視ゴーグルをつけていないなら、相手も僕をすぐには見つけられないはずだ。下手に音を立てれば気づかれる。落ち着いてやり過ごすんだ。

足を少しでも動かせば枝が音を立てるように思えて、僕は動くことができない。その場で石像のように立ち尽くす。じとじとと滲み出る汗が、頬を伝って地面に落ちた。

相手はこちらに気づいていないようだ。ゆっくりと、歩いてくる。背はそこまで高くない、僕よりも少し低いくらいだ。こいつは誰だ？　唐原か、遠藤か、仲津田か……。

影は僕から五メートルほどの位置で止まった。こちらをじっと見ているようだ。まずいぞ、見つかったか。いっそ先手を取って襲いかかるべきか？

影は動かない。

張り詰めた空気の中で、三十秒ほどが経過しただろうか。

ふと影が声を発した。

「アキラ……君……？」

エミの声だった。


「エミ……なのか……？」

「アキラ君」

信じられない。

どうしてエミがそこにいるのか。

「エミ」

さっき、「サークル」に捕まったのでは。思わず走り寄る。

「あっ……」

顔をじっと見る。間違いなくエミだ。

信じられない。思いがけずエミに会えた。嬉《うれ》しくて、ほっとして……。涙が滲《にじ》む。

「良かった……アキラ君に会えた」

エミも震え声だ。

エミの顔は汚れていた。白い肌に、黒い液体のようなものがこびりついている。血液だと、すぐにわかった。

「ケガしてるのか？」

「え？　あ……この血……」

エミは自分の頬に触れながら、下を向く。

「マサシ君の血なの」

「え？　マサシの……？」

「うん……」

エミは答えると、かすかに震え始めた。

「エミ、どういうこと」

僕はエミの腕に触れる。

その瞬間どきりとする。腕にも血がべっとりとついている。制服にもあちこちに染み。かなり大量の血だ。全部がマサシの血だとするなら、相当の出血なのではないか。

僕は震えるエミの両肩を持ち、改めて周囲をうかがう。「サークル」までの距離が近い。用心しなければ。少し道の脇まで引っ張ると、エミの華奢《きゃしゃ》な体を抱きすくめるようにしながら、木陰にゆっくりと座り込んだ。

エミは抵抗せず、僕にされるがままになっていた。

「……エミ、何があったの。教えて」

僕は声をひそめて聞く。エミは細い声で必死に答えた。

「マサシ君、刺されたの」

「マサシが？」

嘘だろ。

体から力が抜けるようだ。

ついにマサシまで。

マサシと一緒にドリンクを運んだのが、遥《はる》か昔の思い出のように感じられる。僕は何を言ったらいいのかわからなくて、下唇を噛《か》んだ。

エミはぽつりぽつりと、震える声で話し出す。まだ頭が混乱しているのかもしれない。

僕は急《せ》かさないよう注意しつつ、エミの話に耳を傾ける。

「うん。私たち、『サークル』に捕まって……手錠みたいなものをつけられて、動けない状態にさせられてたの。しばらくそのままで、色々聞かれてたんだけど……アキラ君の居場所をしつこく聞かれて……言わなければ殺すって脅されて」

「それで？」

エミは俯《うつむ》く。

「居場所なんてわからないし、そもそも何も言いたくなかった。マサシ君も、キョウカも、同じ気持ちだったと思う。でも、言わなかったら順番に殺すって言われて……。私たち、隙を見て逃げようとしたの。マサシ君は相手に体当たりして、私たちも必死で暴れて、抵抗した。そうしたらマサシ君が刺されて……」

もっと早く、ここに来るべきだったか。僕は歯ぎしりする。

時間をかけすぎたせいで、マサシたちに危険な決断をさせてしまった……。

「そ、それでね。とにかく逃げなきゃって思って、走って、走って……ここまで来て……キョウカとも離れ離れになっちゃって」

「そうか……」

エミの話は断片的で不明瞭《ふめいりょ》だ。不安が煽《あお》られるのを感じる。

落ち着かなくては。事態は変化している。

マサシは殺されたが、エミとキョウカは、「サークル」の元から逃げ出した。つまり今、「サークル」は人質を持っていないわけだ。

ということは、どうなるか。

こっちは、人質の解放ではなく何か別のものを要求する形になるだろう。例えば、僕たちの安全な脱出など……。交渉のやり方によっては、僕たちはもっと有利な立場になれる。

殺されたマサシには悪いが、状況の変化は利用した方がいい。

　これを、ミチコさんに伝えるべきだろうか。

　僕は迷う。

「予備」の僕が、そこまで出て行っていいのか。ミチコさんに情報を伝えれば交渉は少し楽になるだろう。しかし動けば「サークル」に僕の位置を知られる危険がある。そのリスクを考えるならあくまで潜伏しているべきかもしれない。どうする。

　わからない。

　いくら考えたって、答えは出そうにない。

　学校で習ったことも、今までに経験してきたことも、何の参考にもならない。この判断次第で、僕やエミの生死が決まるかもしれないのだ。重要な判断なのに、僕は決められない。

　僕はなんて頼りないんだ。自分自身がひどく薄っぺらに思える。

「ねえ……アキラ君。相談があるの」

　エミが小さな声でおずおずと言った。

「元の場所に戻ってみたいの」

「う、うん……？」

　僕は考え込みながら、曖昧《あいまい》な相槌《あいづち》を返す。

「私たち、日野川通り側の水飲み場で捕らえられていたの。そこに、もう一度行きたいんだ」

「え？　どうして……」

「マサシ君が、心配なの。私、さっきは本当に動転してて。逃げることしかできなくて……」

エミは心中の罪悪感に耐えるように、ぽつりぽつりと続ける。

「一瞬、目が合ったんだ。刺されて倒れるマサシ君と、目が……。マサシ君、私に助けを求めるような顔をしてた。でも私、怖くて……そのまま逃げ出しちゃったの。本当はあそこですぐに助けるべきだったのに。後ろからうめき声が聞こえてきて……私、耳を塞《ふさ》いで走り出しちゃった……」

その目から涙が一粒、落ちた。

「ごめんなさい」

それは、僕に謝ることじゃない。

そう感じながらも、僕は何も言えなかった。極限の状況の中、必死に逃げてきたエミは……僕に出会ってほっとして、そしてようやく冷静になり、マサシのことを思い出したのだろう。

「私、マサシ君が……まだ、あそこで助けを待ってるような気がするんだ。ケガしたままそこにいるんだったら、急いで手当てすれば、まだ何とかなるかもしれない……アキラ君がいてくれれば、私も勇気を出して、あそこに行けると思うの」

僕は考え込む。

マサシがまだ生きている可能性は低いだろう。「サークル」は甘い仕事はしないように思える。すでにとどめを刺されているのではないか。だとすれば、元の場所に戻るのはただリスクが増す行為でしかない。

しかし、簡単に却下することもできない。

マサシが死んでいるという確証は全くないのだ。いや、僕も、きっとエミも……マサシがまだ生きていると信じたいのだ。その可能性に賭《か》けたい。

そういう意味で、エミの提案は僕を迷わせた。

エミのマサシへの思いと、仲間を見捨てた後悔とが、伝わってくる。エミは唐突に巻き込まれたこのアクシデントの中で、エゴと自分の価値観にもみくちゃにされながら懸命に戦っているのだ。少しでもエミの力になってやりたかった。

ふと、あることに思い当たる。

待てよ。日野川通り側の水飲み場ということは……ミチコさんたちが進んでいけば、やがて行きつく場所だ。つまりそこに向かえば、ミチコさんとも合流することになる。

このタイミングでエミが僕に提案したのは、ミチコさんと合流するべきという何かの暗示なのかもしれない。

合流するべきか、潜伏するべきか……僕が決められないなら、エミの言葉を信じてもいいんじゃないか。そう、どちらにしろ答えなんてないのなら、エミの言葉を……。

エミ。

「……危ないのはわかってるの。私、冷静じゃないかもしれない……。アキラ君の意見に従うから。アキラ君が、決めて」

エミ……。

エミの瞳《ひとみ》は、綺麗《きれい》だった。その顔に血がこびりついていてもなお、どこか神聖な気配が感じられる。

まるで僕に勝利を与えてくれる女神のように思えた。

エミ……。

僕はさらに何十秒か考えた。考えたというよりは、自分自身を説得していた。どうなんだ。エミたちが逃げ出したなら、「サークル」は慌てて捜索に出ているかもしれない。だとすれば元の場所はもぬけの殻ということもあり得る。そこまで危険ではないのか？　いやしかし、僕が「予備」としての役割を果たすためにはリスクは少しでも低い方がいい……。

様々な考えが行きかう心を静め、自分を信じ、ゆっくり意思を定めていく。そして……僕は意を決し、口を開いた。

「……ここに残ろう」

「わかった」

エミは俯きながら同意した。

僕とエミは池にほど近い茂みに身を隠した。この茂みはかなり厚く、頭まですっぽりと覆い隠してくれる。潜伏する場所としては最適だ。ここからは水飲み場も見えるし、歩いているミチコさんのケミカルライトも確認できる。

また、いざ敵に発見されたらすぐに逆方向に逃げられるし、囲まれたとしても池に飛び込むという選択肢が残っている。池の水は冷たいだろうが、泳げなくはないはずだ。潜って逃げる相手を追いかけるのは相当に難しいだろう。いいポジションだと思えた。

「こんなところに隠れてて、いいのかな……」

エミは目を閉じ、祈るような表情をしている。

「マサシ君、ごめんね……」

やはりまだマサシが心配なのだろう、エミは下を向いて繰り返している。僕はエミにかけられる言葉がなく、ただその背中を撫《な》でてやるだけだった。

正直なところ、エミの意見を却下する明確な理由があったわけではなかった。僕が潜伏することに決めたのは、ただ嫌な予感がしたからだ。

こちらがこう動けば、「サークル」はこう動く……エミとキョウカが逃げたから、「サークル」は捜索にでているはず……そう予想している自分に危険を感じたのだ。

さっきもそれで痛い目を見た。相手の動きを自分の勝手な想像で決めつけてはいけない。あいつらは僕の理解を越えたところにいる。きっと裏をかかれる……そんな予感がある。相手の気持ちがある程度わかるミチコさんならともかく、僕は下手なことをしない方がいい……。

だから、潜伏する。

マサシの安否を確認するとしても、もっと安全が確保できてからだ。

これは逃げじゃない……はず。

「それ、双眼鏡？」

エミの問いに僕は無言で頷《うなず》く。

暗視双眼鏡の電池が厳しくなってきているようだ。かなり像が暗く、滲《にじ》んだように曖昧だ。それでもいくつかの緑の光は見えた。一つはミチコさんが持っている腕。その進む先に、複数の光。間違いない。「サークル」だ。十メートルと離れていない。ミチコさんの素っ頓狂《とんきょう》な声の歌は、ここまで聞こえてくる。歌は確実に「サークル」メンバーにも届いているだろう。

「アキラ君。何が見えるの」

エミは僕の腕を不安そうに握る。僕は唇の前に指を当てて静かにするように示すと、もう一度暗視双眼鏡を見る。「サークル」のメンバーは動き出していた。ミチコさんとスミオを包囲するように、緑の光が分散する。

「こんばんは、皆様！」

ミチコさんが大きな声を出した。

僕にも聞こえるようにという配慮だろう。

いよいよ「サークル」と接触した。ここから交渉が始まる。うまくいってくれよ。僕は祈るような気持ちで闇を見つめる。

「この腕は、プレゼントです！」

ミチコさんが腕を放り投げる。腕は、空中で一度回転すると、ミチコさんの正面に位置する緑の光の手前に落ちた。

「腕って……なに。どういうこと」

エミは相変わらず小声で何か言っている。僕は答えない。説明している暇はない。

「その腕がくっついていた体は、没収させていただきました！　いくら探しても、明日《あした》の朝まで見つけられないような場所にね！」

ミチコさんは少しも臆《おく》していない。「サークル」のメンバーに向かって大声で叫んでいる。逆に「サークル」のメンバーは少し動揺したように見えた。緑の光がふらふらとさまよう。

「それから、そのケミカルライト、素敵ですね！　あんたたち、そのケミカルライトを死体の目印にしてたんでしょう？　おかげで私たちもすぐ死体を見つけられましたよ！」

聞こえてくるのはミチコさんの声ばかりで、「サークル」側の声は聞こえない。よくわからないが、いい感じなのではないか。こっちのペースで進んでいる。

「今までの死体は全部隠しておきました！　これから必死で探しても全部を見つけるのは不可能！　どう？　朝が来ればあんたたちの殺人の証拠は全て明らかになりますよ！」

ハッタリだ。実際に隠した死体はタツヒコのものだけ。それでもこう言っておいた方がいい。すぐに確かめるのは不可能だから。

緑の光が少し歩み出た。

「だけど私たちも死にたくないです。どう？　取引といきませんか？　条件は簡単、私たち全員の命を保障すること！　そっちに捕まっている仲間は解放してもらうし、私たちが安全なところに逃げ切るまで、手出しは許しません」

うまい。

ミチコさんはエミとキョウカが逃げ、マサシが死んだことは知らない。しかし仲間の解放も含めて最大の要求をぶつけた。もしこの要求が通れば、全ては解決だ。

「もちろん私たちは犯行を他言しないと約束しますよ！　わかりますよね？　これはお互

いに信頼するっていうこと。そもそもこんなに大量に人を殺すのは、あんたたちの本意ではないでしょう？　ひそかな楽しみとして、時々一人、二人殺すくらいが普段のペースだったはず。今回みたいにたくさん殺してしまっては、死体の隠蔽《いんぺい》に時間もかかるし、発覚する危険性も増す。口封じのために私を殺しておきたいのはわかるけれど、そこはお互いに信頼してクリアしませんか！」

ミチコさんはこんなに口が回る人だったのか。いい感じじゃないか。頼もしい。

僕は少しずつ安心してきていた。予想以上だ。

「私たちは今日の出来事を見なかったことにする……あんたたちは私たちを見なかったことにする……そうして、『夜』にただすれ違っただけ、そういう形にしましょうよ。もし後で裏切ったら、その時は復讐《ふくしゅう》したっていい。私たちの顔はもうわかってるでしょ？　復讐は簡単なはず」

この調子なら、相手も少しずつ説得されてきているのではないか？

「もしあくまで私たちを殺すというのなら、私たちも抵抗します。まだ隠れている仲間もいますし、相当てこずるでしょうね。そして当然、私たちを殺せば隠した死体は見つかりません。いえ、探す時間もないでしょう。それを考えるなら、私たちを信頼して逃がす方がまだリスクが少ないじゃないですか。取引を選ぶべきですよ。また、これは私たちにも言えること。一か八《ばち》かの戦いになるよりも、犯行を他言しないという約束によって生き残れる方が、私たちも嬉《うれ》しいんです」

エミもようやくミチコさんの作戦を理解したらしい。固唾《かたず》を呑《の》んで様子を見ている。

「つまり、お互いにこれ以上戦わないのがベストなわけですよ。冷静に考えてみてください。夜明けまでにはそんなに時間がありません！　これ以上無駄に争っていては、すでに存在している死体を処理する時間がなくなりますよ。そうなったら、もうこの取引は成立しません。和解するなら今！　今しかないんです！」

決定的だった。

お互いの利を説いた上で、考える時間がもう残されていないことを示す。お手本のような交渉だった。

しばらくの沈黙。僕たちは期待と不安をないまぜにしつつ、「サークル」の返答を待つ。

三十秒ほどが経過した。

緑の光がすうとミチコさんに近づく。

ついに、返答がされるか？

「えあっ」

唐突に声がして、がさりと落ち葉が揺れる音がした。

「あっ、おっ、あっ」

ミチコさんの後ろからもう一つ、緑の光が近づく。

「うっ」

　がさがさと枝が揺れる。

「待って、待って！」

　スミオの声がする。

「聞いてただろ？　どうして？　死体は隠したって言ってるじゃないか！　どうして？」

　ひどく焦っている。緑の光が近づく。

「待てって、死体は見つからないぞ、絶対！　目印のケミカルライトは外したし、何よりこの広い歌川で、あっ」

　後半はほとんど悲鳴のようになっていた。

　一か所に緑の光が集まっていく。

　まるで獲物にたかるアリのように……。

「嘘だろ？　嘘だろ？　どうして？　どうして俺が……？　助けて。誰か、たすけ、お願い、うそ、ご、やめ」

　スミオの声は濁る。まるで溺《おぼ》れながら何かをわめくような意味のない声がむなしく響き、やはり枝が揺れた。

　そして誰の声も聞こえなくなった。

しばらく何が起きたかわからなかった。

いや、何が起きたかはわかるが、それを受け入れることができなかった。

緑の光たちは地面に新たな緑の光を二つ、置いた。あれはIRケミカルライトだろう。死体の目印としてあそこに置いたのだ。そして作業は完了とばかり、再び動き始めた。

エミは凍りついたように僕の横で闇を見つめている。

結局……二人はやられてしまった。

どうして？

理解できない。向こうにも利のある取引だったはずなのに、交渉の余地すらなかった。問答無用で、殺された……。

わかったのはただ一つ。やはり彼らは、僕たちの理解を越えているということだけだ。潜伏を選んだのは、正しい判断だった。だが、これからどうしたらいい？

スミオも、ミチコさんも、一瞬にしていなくなってしまった。キョウカの行方はわからない。僕とエミのたった二人だけで、どうしたら。

緑の光は近づいてくる。僕たちを探しているのだ。

穏やかな声が聞こえてくる。

「遠藤さん、仲津田さん。わかってるね。藤枝さんの身長は百六十三センチ。あなたたちは藤枝さんよりも身長が高い。自分の身長から藤枝さんの身長を引いた分だけ、体勢を低くして刺すように意識して」

「わかってますよ。何度も繰り返さなくても」

「仲津田さん、それならいいけれど。興奮してミスらないように。まあ、攻撃する位置は最悪ずれても構わない。相手を倒して格闘したっていう解釈が一応成り立つからね。一番大事なのは、凶器はダガーナイフってこと。サバイバルナイフの方は奪われたっていう筋書きだから」

「わかったってば」

「唐原さん、急ぎましょう。死んだ時間があまりずれるとまずい」

「遠藤さん、そうね。残りも近くにいるはず。三方に手分けして探そう。見つかったら、いつもの通り笛でサインを」

「しかし唐原さんの言うとおりでしたね。向こうから勝手に飛び込んできた」

「ハハハ。向こうの考えることなんて単純だよ。勝手に取引が成り立つと信じて来るんだから、哀れだね」

「でも提案自体はいい線行ってましたが」

「まあそうだね。死体を利用するとは、なかなか度胸がある。そこまでは予想していなかった。よく私たちの心理を理解しているよ。だけど、私たちの方が上だった」

「唐原さん、遠藤さん。そんなこと話してないで早く行きましょうよ。時間はそんなにないすよ」

「うん。じゃ、このT字路で分かれよう。仲津田さんは西。私は北。遠藤さんが東」

「唐原さん、わかりました」

「了解す」

足音が近づいてくる。

水飲み場の手前のT字路で分かれたのなら、こちらにやってくるのは遠藤ということになる。

三人の会話を聞いていて、「サークル」の意図するところが何となくわかった。彼らはもう死体を処理する気などなかったのだ。

彼らは仲間の藤枝を殺したのをいいことに、藤枝に全ての罪を押しつけるつもりなのだろう。僕たちを殺した危険な殺人犯は藤枝一人。しかし途中で藤枝は凶器を奪われ、誰かと相打ちになって死んでしまった。残されたのは僕たちの死体と、藤枝の死体。そういうシナリオを作り上げる気なのだ。

わざわざ藤枝の身長を考慮して攻撃するように指示したり、凶器を統一させたりしているのはその準備に違いない。時間がないと言うのも、藤枝と僕たちの死亡時刻を合わせるため。

向こうが死体を隠す気がないのなら、交渉が成り立つわけがない。

僕たちの作戦は、何の役にもたたなかった。

遠藤が向かってくる足音がする。

どうする。

どうする……。

下手に動くより、ここで息をひそめていた方が……。

恐怖に耐えきれなかったのか、エミがかすれた声で悲鳴を上げた。遠藤の足音が一瞬止まり、すぐにこちらに向かって走り出す。

「ひいいいっ……」

僕はエミの手を摑《つか》み、茂みを飛び出した。

遠藤は無言のまま、僕たちに追いすがってくる。

僕はエミを引っ張るようにして走った。

ひたすら、公園を東に。

あっという間に息は荒くなり、玉のような汗が流れ落ちる。

僕は取り立てて勉強ができるわけじゃない。運動の成績もまあ良くもなければ悪くもないというところ。人に自慢できる特技もなければ、一目置かれるような実績があるわけでもない。悲しいくらいに中途半端だ。そんな僕が、どうやってあんな奴の相手をしたらいい？

僕は必死に考えていた。

「キ――――――……」

背後から笛の音が聞こえてくる。発見の合図だ。すぐに仲津田と唐原も集まってくるだろう。

今度こそ逃げられない。完全に見つかっているのだ。前に何とか逃げられたのは、結果的に仲間が囮《おとり》になってくれたからにすぎない。だけど今回ばかりはそれに頼るわけにはいかない。エミを囮にするわけには、絶対にいかないんだ。

遠藤の足音はすぐ後ろから聞こえるような気がする。走って逃げ続けるのは、無理だ。僕以上にエミの息は荒く、そんなに長くは走れないだろう。対して遠藤はかなり体力があるようだ。笛を吹いたりしつつも、ペースを保って追いかけてくる。

どうしたらいい。

何か、遠藤の弱点はないか。

遠藤の弱点……。

走る先に遊具が見えてきた。そう言えば、こんな場所もあったっけ。ブランコや鉄棒、滑り台などがベンチの前に並んでいる。

遊具。

ふと、僕の中にある発想が浮かんだ。それは作戦なんてもんじゃない。単なる思い付きに等しい。だけど僕はその是非を考える間もなく、行動に移した。

すぐ後ろに迫る遠藤の足音を感じながら、僕はブランコに向かって全力疾走する。エミを引っ張り、もっと早く走るようにけしかける。エミが僕よりちょっと前に出たあたりで、かがんでブランコの座板を摑み、走り抜けながら思い切り引っ張る。鎖がぎちぎちと音を立てた。座板を手が届くぎりぎりまで引っ張ってから、手を離す。後ろに向かってブランコが弧を描いて飛んでいく……。

当たれ。当たってくれ。

「あがっ」

声と、鈍い音。

振り向く。

遠藤がよろめき、倒れるところだった。

ブランコは、まだきいきいと音を立てて揺れていた。

遠藤は転倒し、両手で顔面を押さえて痙攣《けいれん》している。口からは泡を吹いているのが見えた。暗視ゴーグルはどこかに吹き飛んでいったようだ。両手の間からは血が流れている。

うまくいった。

どこか半信半疑で、僕は遠藤を見下ろす。エミも驚いたように僕のそばで立ち尽くしていた。

こんな単純な方法で、致命打を与えられるなんて。

あっけない。

いや、遠藤が暗視ゴーグルをつけていたからだ。暗視ゴーグルは精密機器で、それなりの重さもある。そんなものを顔面につけている時に、正面から遠心力の加わった座板に激突されたら……。

一撃で昏倒《こんとう》してもおかしくはない。

僕はどうしたらいいかわからず、遠藤の顔を覗《のぞ》きこんだ。痩《や》せた頬、八の字形で弱気そうな眉《まゆ》。二十代後半くらいだろうか。どこかで見たことのある顔だ。知り合いというわけではないのだが、何度も目にした顔のような……。

凶器は取り落としてしまったのか、持っていない。今なら近づいても大丈夫だろう。僕はそっと遠藤の腕に触れてみる。反応がないのを確認し、顔面から手をどかしてみた。

遠藤は白目を剝《む》いて口を開けていた。歯が一本折れている。すうと伸びた鼻筋、落ちくぼんだ目。わかった……。作業着を身につけ、笑っている姿を想像すると明らかだった。

この人、ゴミ収集のお兄さんだ。

いつもゴミの日に収集車で回っていて、通りすがると会釈してくれる。出し遅れそうになっても、追いかけると車を止めてくれる。臭いが凄《すご》かったり、虫が発生している袋も嫌な顔一つせず淡々と車に詰めていく……あまり話をしたことはないけれど、真面目そうな人だった。

「……」

何の言葉も出なかった。

ゴミ収集のお兄さんは遠藤という名字なんだ。

それだけ心の中で意味もなく確認すると、僕は遠藤から目をそむけた。

もう心がいっぱいいっぱいだった。落ち込んだり、驚いたりする余裕すら、なくなってきていた。

「リーーーー……」

どこかから笛の音が聞こえて、我に返る。

ぼうっとしている場合じゃない。このままでは唐原と仲津田が追いついてくる。僕はブランコを見る。もう一度、これを使えないか。いや、何度もは無理だろう。

「エミ、逃げよう」

僕はエミの背中を押す。

とにかく東に進むしかない。川の方向へ真っすぐに。

「アキラ君、こっちでいいの？」

「うん……」

本当にいいんだろうか。

日野川通りの方に逃げようとした時は、「サークル」に待ち伏せされてしまった。あれは何の相談もなく行われたのだろうか？　もしかすると笛の音には、「東方面で待ち伏せ」などの意味も含まれているのかもしれない。だとしたら下手に逃げるとまた罠《わな》にはまるぞ。いや、それは考えすぎで、どこかで打ち合わせの時間を設けていたのかもしれないが……。

再び僕の心は疑心暗鬼に包まれ始めた。どちらに進むべきかがわからない。どの方向の闇に向かって駆け出しても、そこから「サークル」の人影が現れるような気がする。

「アキラ君？」

動けない。

足が、動かない。

「わかってますよ。全く、何度も言わなくたってわかりますってての」

どこかから声がする。

仲津田の声だ。

「ったく、めんどくさいな。別にいいじゃん。一人くらい逃げたって。別にいいじゃん。

警察にばれたって。警察も殺せばいいじゃん。たくさん警察が来たら、もっと殺せばいいじゃん。結局さ、俺が殺されるか相手を殺すかしかないわけでしょ。それが世の中じゃん。今更何をそんなに怖がるのか、俺にはよくわかんねっての。カゾクとか作れば、考え方が変わるんかな」

ぶつぶつと小さく、早口で話し続けている。

「わかってますって。わかってるって。やることはやるから。……もう、聞いてやがんだもんな。まじクソババア」

どこから聞こえるのかわからない。すぐ近くからのような気はするが、方向が特定できない。エミが緊張した表情で固まっている。

そうだ、暗視双眼鏡を使おう。僕は暗視双眼鏡を摑《つか》んで、覗きこむ……。

ぷつん、という音が聞こえた。双眼鏡の視界には何も映らない。真っ暗だ。一度目から離し、もう一度覗いてみる。結果は変わらない。双眼鏡を覗いている時は常に聞こえていた、かすかな機械音が聞こえない。

電池切れだ。

足の底から闇に沈みこんでいくような気分になる。敵の位置を知る道具が使えなくなった。

これでこっちには、何の武器もない。

「あ、見っけ。おーい、そこ動くなよ」

闇から声。茂みをかきわける音が徐々に接近する。

思わず体がすくむ。

「……何だ、木の枝かよ……」

がっかりしたような声が聞こえてくる。

僕とエミは背中合わせになって硬直していた。声も出せない。指一本、動かせない。すぐそこに仲津田がいるのだ。声は聞こえないがおそらく、唐原も。濃厚な闇の中、感じ取れるのは敵の気配だけ。目を閉じた状態で、飢えた肉食獣と同じ部屋に閉じ込められたような気分だ。

「動いてくれた方が見つけやすいんだけどなー。でも、運動してた人間の肉って、妙に臭いんだよな。あれは何でなのかね。乳酸……とかが関係してんのかね。俺はやっぱり、無防備な状態でサクッと即死した人間の肉の方がいいと思うなあ」

いかに暗視ゴーグルといえど、身動きしない人間を見つけるのは難しいようだ。しかし時間の問題だろう。声はどんどん近づいて来ている。リラックスした様子の仲津田と比べ、僕の心臓は激しく脈打ち、頭に血液を過剰に送り続けている。焦るばかりで考えはちっともまとまらない。

これまでなのか。そろそろ死ぬ覚悟でもした方がいいのだろうか。

「えーと？　ああ、もう川の手前か」

少し仲津田の声が遠ざかった。

「んー、どうせその辺に隠れてんだろ……」

さらに遠ざかっていく。

もしかしたらやり過ごせたのかもしれない。

ほうと息を吐こうとした時、どこかから吐息が感じられた。

「……」

風に紛れてもおかしくない、ほんのかすかな息。しかしその呼吸には、確かに笑みが含まれていた。

「うわああっ！」

叫び声。

その叫びは僕自身が発したものだと言うことに後から気がつく。僕は叫びながら、後ろにいたエミを突き飛ばすようにして飛び退いていた。なんでそんな行動を起こしたのか自分でもわからない。恐ろしさが限界を超えたのかもしれない。闇しか見えないというのに、確かに肉食獣と目が合ったのを感じたのだ。

一メートルほど後退した僕の目の前に、明らかに植物や遊具とは異質な形状のものが存在していた。

鋭い刃《やいば》。

暗い中でもわずかに光るように見える。その先端から、根元、そしてそれを持つ手へと視線を動かす……。

笑顔の女性がそこにいた。

中年と老年の間くらい。あまりにも素朴な印象で一瞬動揺する。買い物籠《かご》を持ち、スーパーでニンジンを選んでいそうなおばさん。小さな女の子の手を引き、幼稚園の先生に手を振っていそうなおばさん。電車で空席を我先に狙うが、おじいさんが乗ってくると席を譲る、適度にわがままで適度に大人なおばさん……。

こいつが、唐原。

そんな普通のおばさんが、ダガーナイフをついさっきまで僕が立っていたあたりに突き出していた。

まるでゴミ箱に紙くずを投げ、「あら、外れちゃったのね」とでも言うような表情で、再び腕を振りかぶる。後ろでエミが立ちあがる気配がした。僕が転ばせてしまったらしい。後には下がれない。

もうどうにでもなれ。

僕は目をつぶり、体勢を低くして前に突っ込んだ。

柔らかな感触がして、僕は唐原ごと倒れ込む。

「ううう っ！　ああ！」

わけのわからないことを叫んで自分を鼓舞する。唐原は僕にのしかかられ、歯を食いしばって上を見た。僕は拳《こぶし》を固く握り、何度も何度も唐原に向かって突き出す。何発かは外れて地面を叩《たた》き、何発かは妙な所に当たって手の方が傷つく。それでも攻撃を緩めない。ただ僕は必死だった。肩をひねりこむようにして体重をかけて、殴り続ける。ごりっ、ごりっと音がした。暗視ゴーグルをはぎ取り、目を狙う。

そこで目の前にひゅっと風が走った。

僕のワイシャツがまるで紙のように裂けたと思うと、火のような熱さが左肩を襲う。切られた。

ひるんだところで、唐原が僕を突き飛ばした。倒れ込んだ隙に唐原が脱出する。

そこで唐原は僕から距離を取ろうとし始めた。僕は迷わず追いかける。興奮したせいか逃げだしたい気持ちが嘘のように消えていた。強烈な恐怖ゆえに、僕は全力で突進していた。

待て。

闇の中でもその姿ははっきり見える。僕に背を向けて逃げる唐原に全速力で追いすがり、その両肩に手をかけて、思い切り横に引き倒す……。

意外と華奢《きゃしゃ》な体だな。

そう思った時、ふいと手ごたえがなくなり、唐原の姿は視界から消滅した。

代わりに何か柔らかいものが硬いものにぶつかるような、鈍い音が響き渡った。

がつんと僕の胸あたりに何かが当たる。それをよく見ると、鉄製のフェンスだった。川のまわりに張り巡らされているものだ。僕と唐原は、川のすぐそばで格闘していたらしい。

そして今、僕は唐原を全力で突き飛ばした……。

ということは……。

フェンスを摑み、僕は闇の中を見下ろす。

この先は神田川。水量は少なく、岩とコンクリートが露出している。フェンスから川底までは五、六メートルほどはあったはずだ。そこを落ちたとすれば、当たり所によっては……。

どんなに目をこらしても、暗くて唐原の姿は見えなかった。水がさらさらと流れる音だけが聞こえてくる。

全身からあふれ出す汗が、肩の傷にしみて痛む。そういえば、切られたんだった。傷口を見るのがおそろしくて、僕は右手で肩を押さえた。線状に胸の上あたりまで続く傷が感じられたが、そんなに深くはないように思えた。それでも温かい血液がどんどん流れ出しているのがわかり、僕は歯を食いしばる。

「アキラ君……」

囁くようなエミの声が聞こえ、僕は顔をあげた。

すぐ先にエミが立っていて、腕組みのような姿勢を取りながら僕を見ている。

何を言ったらいいのかわからない。

僕の中には唐原を撃退した安心感も、人を攻撃した後ろめたさも、すんでのところで命が助かった喜びも、何もなかった。

ただ、疲れた。

こんな悪夢は早く終わってほしい。朝が来てほしい。太陽の光が街を照らし出して、住み慣れた元の世界が姿を現してほしい。もう夜になってから何日も過ぎたように思える。うんざりだ。

僕は上を向いてため息をつき、よろけるようにエミの方向へ足を進める。

エミの表情は何だか奇妙だった。泣きながら笑っているような、ありがとうとごめんなさいを一緒に口にしているような顔で僕を真っすぐに見つめている。

「エミ」

エミのそばには誰かがいた。

後ろから片手でエミの肩をおさえ、片手をエミの首に当てている。身長は高く、細身ながら筋肉質だった。

「仲津田……」

「ああ？　俺の名前知ってんだ？」

明るく、ハスキーな声が返ってくる。

エミも仲津田も動かない。

いつでもエミを殺せるという余裕なのだろうか。仲津田はのんびりとした雰囲気で僕を見ている。

「どうして……」

逃げて、逃げて、逃げたのに。

ずっと逃げ続けたのに。

何度も諦《あきら》めかけた。何度も嫌になった。それでも必死で頑張って、犠牲者も出して、クラスメイトの死体までいじって、エミを助けるために、エミと一緒に生き残るために僕は頑張ったのに、ああ、こうなるのかよ。

「お前すごいな、唐原のババア突き落とすなんてよ。ちょっと俺もスカッとしちゃった。あのババア、うざいよな」

少し咳《せき》をしながら、仲津田は笑った。

「あー。これ、重いし暑苦しいんだよな。邪魔」

仲津田は暗視ゴーグルを外し、地面に落とす。整えた顎髭《あごひげ》と長髪。海でサーフボード片手に走りまわっていそうな、爽《さわ》やかな顔が見えた。大学生くらいだろう。髪をかき上げながら仲津田は続ける。

「ま、お前はほんとよく頑張ったよ。俺らからここまで逃げ切るなんてさ。びっくりしちゃったもん。マジマジ。でも、これでようやくおしまいだな。最後にちょっとだけおしゃべりしようや、ハハ」

こいつはどういうつもりなんだ。

他の「サークル」のメンバーは無言で淡々と襲いかかって来たが、こいつだけやけによく喋《しゃべ》る。追い詰められた僕をいたぶりたいのかもしれない。勝手にしてくれよ。僕にはもう、仲津田に怒りをぶつける気力もなかった。

どうせ必死でくらいついたところで、僕の攻撃が届くよりも先にエミが殺されてしまうだろう。

「あれ？　何だか無口だな。つまんねーな、何か話してよ。そうそう、この子とお前って付き合ってんの？　それともピュアな関係のまま？　お前らって高校生くらいだよな……どっちの可能性もあるよな！」

「……」

「俺が高校のころはよ、『夜』が始まって少しの頃だったたな……。気持ち悪い時代だったよ。節電、エコ、みんなで頑張ろうの繰り返しでさ。企業があらゆる商品にそういうコピーをつけて売りつけようとしてて、それでもって消費者もそれを嬉々《きき》として買ってさ……。『夜』に耐えて、頑張ろう。それに協力することが美徳。そんな空気で溢《あふ》れてた」

仲津田は端整な顔をぐにゃりと歪《ゆが》ませて笑う。

「何が『夜』だよ。変な仕組みだよ。大した節電効果もないくせに、負うデメリットはでかいときてる。一時の熱気に酔ったバカどもが、あんなもの導入しちまったせいで……俺たちの就職口も収入も減って、行動の自由はびっしり制限されてさ……昔、さんざん遊んだ大人たちはいいよ？　だけど俺たちみたいな、これから時間と金ができて遊べる世代だけが一方的に損してさ。あーあ、お前らはいいよな。『夜』が出来てから生まれた世代は、何の疑問も持たず遊んでやがる。知ってるか？　俺らのガッコの先輩、一年に二人くらい自殺してんだ、笑えっだろ？」

「……」

僕はただエミと見つめ合う。

エミの顔を見るのも、あと数秒しかないのかもしれない。その数秒だけを思い出に、僕はこれから何年も生きていけるのだろうか。

「おい？　聞いてる？　何お前、耳聞こえない人？」

「……どうして、殺すんだよ」

「何？」

「どうして、お前みたいな奴に僕が……こんな目に遭わされなきゃならないんだよ」

仲津田はケタケタと笑い、笑いすぎてまた咳《せ》き込んだ。

「そうかそうか、そう思うよな。そうさなあ。仕方ないじゃない？　殺したいんだもん、俺」

「何で殺すんだよ……」

「お前に言ってわかっかなあ？」

「血とか、死体とか見て喜んでんのかよ……この変態が」

僕は破れかぶれで、言いたいことを言い続ける。仲津田は斜め上を見て微笑んだ。

「何言ってんの。血とか怖いじゃん。死体とか不気味じゃん。あんなもん、俺見たくもないよ」

「え……？」

「お前ホラー映画見たことある？　不快だよな、あれほんとに。怖がらせることだけを考えて作られてる。残酷で、理不尽でさ。意地悪いよなあ。俺、ホラーって大っきらい」

「……」

「俺ってさ、人一倍血とか怖がる子でさ。ある日、指先をケガしたんだ。血がだらっと垂れてきてさ。その時俺、その傷を眺めてた。怖くて、怖くて……背筋が寒くなって、体が震えて……なんか笑えてきちゃったんだよね。わかる？　こんな気持ち」

「わからないよ」

「これは俺の考えだけど、怖すぎるとさあ、変な脳内物質とか出るんじゃないかね？　気持ちよくなってきちゃうんだよ。俺、その経験をしたあとに今度は猫を殺したんだ。想像してみ？　普通に学校いって、普通に恋愛とかしてるお前が猫を殺すんだ。可愛い、可愛い猫に刃を入れて、解体するんだ」

「気持ち悪い」

「そうさ。吐きそうになる。凄《すさ》まじい非現実が、目の前で感じられる。頭がおかしくなるよ。俺は猫なんて殺したくないのに、殺してるんだから。わざわざ覚めない悪夢を見続けるんだ。この感じが、俺を狂わせる……酔わせる」

「……」

「俺、思うんだけどさ。この世界って凄《すご》い不自由じゃない？　好き勝手にエネルギーを使えた時代は親の代で終わって、不便なことばっかり強いられてる。生活は厳しいし、先の見通しも暗い。殺伐としてるよ。安定したいだとか、お金が欲しいだとか……自分の欲望や、社会のルールに縛られてばっかりだ。そんな不自由な俺。でも、そんな俺は猫を殺すこともできる。してはいけないことを、したくないことを、自分の自由で実行できる。ああ、俺って自由なんだ。自分の意志で好きなことができるんだ。今俺はありとあらゆる呪《じゅ》縛《ばく》から解き放たれて、本当に自由になっている……そう感じられるんだ」

「……」

僕は眉《まゆ》をひそめる。

嫌なのに殺すと言うのか。

何となくわかってしまう部分があって、僕は少し困惑した。

誰だってしたくないことはある。例えば自分を傷つける行為。そんなことに何のメリットもない。だけどそれは本当に僕の自由意志なのか？　人体というシステムが、自らを維持するために僕を操っているのではないか？　つまり、縛りだ。生きているだけで僕たちは何かに縛られて、ある特定の方向にのみ行動するよう、誘導されている……。

仲津田の言うようにわざと嫌でたまらないことをすれば、その感覚から自由になれるかもしれない。

「人を殺してみ。本当につらいぜ。もう、本能的に拒否反応が来る。目まいがして、胸が痛くなって、涙が止まらない。自分を誤魔化すために笑いが出て、顔がくしゃくしゃに歪んじまう。心がズタボロに切り裂かれる。ナイフを突き立てるたびに、自分自身がバラバラにされていく感じさ。そして、俺の意思だけが残るんだ。『殺してる』って意思だけが。血と肉と涙が飛び散ってる中で、俺は何ものにも縛られない自由な俺を感じられるんだ。家族のためでもない。社会のためでもない。俺のためですらない。俺は、ただ意味もなく自由になれるんだ……」

仲津田の声が少しずつ小さくなっていく。

「なあ、面白いよな。『夜』制度ができて人が不自由になる。でも、その鬱憤《うっぷん》を晴らす場もまた、『夜』なんだよ。世の中ってうまくできてんだ……いや、結局誰かの掌《てのひら》の上ってことなのかな……?」

そこで仲津田がひときわ大きく咳き込んだ。僕の顔に何か液体がかかる。指先でぬぐってみる。粘性があり、温かい。

仲津田はぐらりとよろけると、そのまま足の力を失って倒れ込んだ。

「ああ……いてえ。もう立ってらんねぇよ」

エミはまだ立ち尽くしている。悲しそうな表情で僕を見つめたままだ。エミは腕組みをしているわけではなく、後ろに手を回した体勢のまま動いていないらしい。そして、仲津田の胸から飛び出ているのはナイフの柄。

僕はようやく状況を理解した。

「アキラ君、私……」

震えているエミに近づき、抱きしめる。

仲津田はとっくにエミに刺されていたのだ。

おそらくはあの下らない話をする前から。

エミが複雑な表情で僕を見ていた時から……。

「殺すつもりとかは、なくて。とっさに、驚いちゃって、拾ったナイフで、私」

僕に抱きしめられてようやく緊張が解《ほど》けたのか、エミは僕の背中に手を回し、ぎゅうと力をこめた。

「大丈夫だよ。大丈夫……わかってるから」

「アキラ君……」

ぼろぼろと涙があふれてきた。

安心感だけじゃない。

人を刺してしまった、エミの罪悪感と、戸惑いがよくわかった。あの複雑な表情には、そんな自分を僕に見られたくないという気持ちも含まれていただろう。健気《けなげ》なエミの心が愛《いと》しくて、エミの苦しみも悲しみも全部抱きしめて、溶かしてやりたいと思った。

エミへの想いはうまく言葉にできなくて……。

僕はただ、泣いた。

エミも静かに泣いていた。

涙が涸《か》れた頃、僕はエミと抱き合いながら、地面にあおむけに倒れている仲津田を見る。その傷口は妙に泡立っていた。肺かどこかに刺さったのだろう。空気が隙間から逃げようとして、ぶくぶくと変な音がする。

仲津田はなおも笑いながら何かを言おうとしていたが、そのたびに血の絡んだ咳《せき》が飛ぶ。

口の周りにも血の泡が飛び、苦しそうに喘鳴《ぜんめい》が響く。意識ははっきりしているようだが、もう言葉は聞き取れなかった。酸欠に近いのだろう、顔色は暗く手足は痙攣《けいれん》していた。

終わった。

今度こそ。

僕たちは足から力が抜け、崩れるように座り込んだ。

気力を使いはたしてしまった僕とエミは、長いこと地べたに座っていた。立ち上がることができず、何をする気にもなれなかった。ただ肩を寄せ合い、お互いに呆然《ぼうぜん》と空を見ながら朝が来るのを待った。

荒かった仲津田の呼吸は次第に静かになり、血が流れるにつれてその体は冷えていく。その様を僕たちは何の感慨もなく眺めた。

やがて鳥の声が聞こえ、朝日が昇ってくる。

神々しいほどの白い光が公園を照らし、緑や茶や青といった色を浮かび上がらせていく。頬に光の粒子が当たって温かい。草木に付着した水滴はきらきらと光り、太陽の到来を祝福していた。「朝」だ。

狂気に満ちた時間は終わり、僕たちの世界が返ってきた。

――こちら歌川市役所です。市民の皆様にお伝えいたします。まもなく「朝」です。十分後より全域にて電気の使用が可能になります。それでは本日も良い一日をお過ごしくださいますよう……

いつも聞き流している放送が、ひどく懐かしく感じられた。

「あ、キョウカ。こっちこっち」

「エミ、ごめん待たせた？」

「今来たところ。あ、そこに手を消毒するやつあるから」

「あ、了解」

キョウカは受付脇のボトルに近寄り、アルコール消毒ジェルを掌に塗る。

「しっかし広い病院だね。受付だけでこの広さ。学校よりでかいんじゃない？」

「ここ、このあたりの救急の拠点病院らしいよ。屋上にはヘリポートもあるんだって」

「うわすげ。アキラってここの院長の息子なんでしょ？」

「そ」

「おぼっちゃまだねー」

エミの携帯電話に着信音。

「あ、ちょっとごめん。メールだ」

「病院って携帯大丈夫なの？」

「別に平気でしょ、ちょっとぐらい。本当にダメなら、入り口で持ち物検査するなりなんなりすればいいじゃん。どうせ大げさに言ってんのよ」

「そういうもんかな」

「あ、アキラからだ。えーと、オレンジ病棟の305号室だってさ」

「アキラのケガって、入院するほどのもんなの？」

「さあね。胸のあたり浅く切られただけだから、そんな重傷ってわけでもないんじゃないの。『夜』が明けるまで手当てもしなかったけれど、ピンピンしてたし。でもアキラのオヤ、過保護だからさ。念のためってことでしょ」

「いいねー、金持ってる人は。うちなんて誰か入院なんかしたら即借金生活だよ。特に入院費の中でも夜間特別電気代は医療保険出ないから、死ぬ」

「それはキョウカんちがショボすぎんのよ」

エミは苦笑する。

「そういえば、エミ、ニュース見た？」

「見た見た。唐原と遠藤は生き残ったらしいね」

「でも逮捕だって」

「当然だよね。ってかあんな危ない奴ら、もっと早くに逮捕しとけっつの。今わかってるだけでも十人くらい殺してんでしょ？　マジ警察怠慢」

エミはふんと鼻を鳴らしながら、メールの返信を打つ。

「いま、いくよ……と」

「で、その後アキラとはどうなの？」

「へへへ……こないだ、告白されました」

「おお、やるねー。これで両想いカップルの出来上がりってわけか」

「いや、まだOKしてないよ。ちょっと考えるって答えてある」

「え？　なんで？」

「だって、私がベタ惚《ぼ》れしてるってアキラに思われたくないじゃない。そういうのって、後々不利になりそうでしょ。ま……そりゃ結局は付き合うに決まってるんだけどね。アキラはイケメンだし、優しいし。親は金持ってるしね。このご時世、こんな有望株なかなかいない。『サークル』と対峙《たいじ》した時にはちょっと頼りなかったけど、最終的には助けてくれたし、まあ合格点かな」

「上から目線すぎてびっくりするわ」

「そんなことないよ。私は冷静に評価してるだけ。それに努力もしてるもん。アキラが好きそうな髪型にしたり、服を選んだり。おしゃれに必要なお金は一生懸命バイトしてる。あと、キャラも作ったりね」

「エミは本当に妥協なく頑張るよねー。その恋の仕方、しんどそう」

「漫然と流されているだけで恋が叶《かな》うわけないじゃん。あ、もちろんキョウカにも感謝してるよ。本当、あなたのおかげ」

「急に持ち上げないでよ」

「でもなあ、キョウカの『夜』デートの作戦はナイスアイデアだと思ったんだけどなあ……。自然に接近できるし、誘惑もしやすいシチュエーションだし。それが、まさかこんなひどい目に遭うとはね。途中、正直キョウカのこと恨んだわ……」

「う……ごめんよ。謝ってすむことじゃないと思うけど……でもあたしだってこんなん、予想してなかったんだって」

「そりゃそうだよね。ま、生き残れたし、結果オーライかな」

「かぁ、割り切るの早いなー」

「キョウカは頑張ってくれたもんね。責めるつもりはないよ。うまいことアキラのこと、『夜』デートに誘ってくれたしさ。あそこで私が誘ったら不自然だった」

「大変だったわマジで。マサシとか邪魔すぎ」

「わかるー！　なんであいつついてきたんだろうね。ほんとムカついた。空気読めないにも程があるよ」

「そうだよねえ」

「そもそも、キョウカはマサシのこと煽《あお》りすぎだったって。『怖いの？』とか『勇気ないの？』とか言うからあいつ、『夜』遊びにもついてきちゃったんじゃん。カラオケ終了の時点で帰すべきだったんだよ」

「いやー、あれは仕方ないでしょ。もしあそこでマサシ一人だけ帰ったら、何となくアキラも帰っちゃうんじゃないかと思ってさあ。雰囲気的に」

「んー。まあ、そうかもね。あー、殺しちゃって正解だったよあいつ」

「エミ……声、大きいって」

「ん？　キョウカあんた、怖いの？」

「怖いっていうかさあ」

「でもさ、あの時は絶体絶命だったじゃん。仕方ないよ」

「『サークル』に捕まった時だよね。エミがいきなり『サークル』に入りたいって言うから、こっちは驚いたよ」

「だってあの時点ではそう言うしかないって。あいつらの仲間になっちゃうしか方法なかったもん。そんで、その証明としてマサシを殺すのも仕方ないことだったよ」

「エミ凄《すご》いよね……本当にやっちゃうんだもん」

「覚悟決めれば平気でしょ。魚をさばくのと、本質的には変わらないじゃん」

「……それで、よくマサシの葬式で泣けたね」

「え？　何で？　そもそも、マサシが死んだのは私のせいじゃないよ。私だって、殺したくなんかなかったもの。やむを得なかっただけ。だって全員殺されるより、一人でも生き残った方がいいでしょ」

「……」

「ま、でもあれは完全にバクチだったね。あれで『サークル』が信じてくれなかったらそれまでだったもの。『サークル』に寝返る話をした時に、キョウカがうまく話を合わせてくれたのも助かったよ」

「あたしはただエミの言うとおりにしてただけだし」

「うんうん。下手したらキョウカのことも、殺してみせなきゃならなかったかもだからねえー。危なかったほんと」

「……」

「運も良かったなあ。あの時借りたナイフが、最後仲津田って奴を倒すのに役だった」

「そういえばエミは、どの時点で『サークル』を裏切ったの？」

「え？」

「あたしら、『サークル』の一員として、アキラたちを探してくるよう言われて散ったじゃない。あたしはそのまま警察呼びに走ってて、戻ってきたら決着がついてたから……詳しいところ知らないんだよね」

「あー……それ聞いちゃう？」

「聞いちゃう聞いちゃう」

「ぶっちゃけ、アキラ見つけた時は『サークル』に引き渡すつもり満々だった、連れてこうとしたもん。ハハ」

「うっわー。笑うなって。怖いわー」

「でもさ、アキラも必死でさ。うまいこと引っかかってくれないし、一応様子見してたの。変なところで悲鳴出して『サークル』に位置を教えたりしてたけどね。そしたらアキラが頑張っちゃって、まあ運がいいというか何というか……結果的に遠藤と唐原をやっつけちゃったから、これはもうこっちに転んだ方がいいと思って」

「ほんと要領いいね」

「そんな風に簡単に言わないでよ。私も努力してたんだから。両方に対して裏切ってないって演技するのは難しいんだよ」

「結局、マサシも『サークル』が殺したってことになったわけだしね」

「そ。仲津田は私が刺したけど、あれは正当防衛扱い」

「誰も裏切ったなんて思わないよね」

「うまくやったよ、本当。若干気まずいけどねえ。これを知ってるのは私とキョウカだけ」

「秘密を共有する仲ってことだね」

「そう」

エミは一つ息を吐く。

「まー今回は色々あったけど、結果オーライかな。アキラは私に惚れてくれたし。頭のおかしい奴らに襲われたのは腹がたつけど、逆にそれがあったからこそ、アキラと私の関係が進展したってのもあるしね。これだけ壮絶な目に遭って生き残った仲だから、運命の二人？　とかアキラに勘違いしてもらえそう」

「ポジティブシンキングだなー。ま、なんだかんだで運強いよね、あたしら。今回だって下手したら死んでるとこだったのに、都合よく生き残ってる。最初に街で追っかけられた時は、マジ終わったと思ったけど」

「神様が私たちに生きろって言ってくれてんのよ。次はキョウカの恋愛に私、全面協力するからね。アキラが退院して落ち着いたら、また作戦たてよ」

「よろしく。でもその前に、好きな男作らないとなあ」

エミとキョウカは笑う。


ノックの音。

「アキラ君？　エミです」

エミの声が聞こえて、僕はベッドから起き上がる。

傷が少し痛んだが、僕は構わず声を出した。

「来てくれたんだ。入って入って」

エミとキョウカがベッドの近くにやってくる。

「具合どう？」

心配そうなエミ。僕は答える。

「医者の話だと、順調みたい。重要な臓器もやられてないし、もうすぐ抜糸できるって。そうしたら学校も行けるよ」

「そっか……良かった。これ、お見舞い」

エミがフルーツの盛り合わせを袖机《そでづくえ》に置いてくれた。

「ありがとう……果物、嬉《うれ》しいよ」

「アキラさーん、聞きましたよ。入院してから毎日エミさんにメールしてるらしいじゃないっすか」

キョウカがニヤニヤしながら僕を肘《ひじ》でつつく。

「べ、別にいいだろそんなの」

「いやーやけるねー。若いもんはいーねー」

何言ってんだ、まったく。僕は言い返そうとするが、エミが僕のことを見つめているのに気がついて口をつぐむ。

「アキラ君、本当にありがとうね。あの時……アキラ君がいてくれなかったら、私、どうなってたか……」

　自分の顔が紅潮するのがわかる。

「いや、僕のほうこそ……頼りなくてごめん」

　そう言って僕は下を向いた。

「そんなこと……ないよ」

「うわー、なんかほんわかした空気作っちゃって、この人たちは。見せつけんのやめてよね」

　キョウカがぷいっと横を向く。

　エミは照れているのか、頬を赤くした。

「く、果物剝《む》くね」

　エミがナイフを手に、ゆっくりと林檎《りんご》を剝き始める。

　僕は顔をそむける。あの時以来、刃物が少し怖い。

　目を閉じてみる。

　こうしていると、あの悪夢の「夜」がありありと蘇《よみがえ》ってくるような気がする。本当に恐ろしかった。あんなにおかしな人間が「夜」に潜んでいるだなんて、想像を絶していた。

　あの「夜」が明けて呆然《ぼうぜん》としていた僕らの所に、警察を呼んだキョウカが来てくれて、僕たちは保護された。パトカーに乗せられて病院に運ばれ、両親と会った時のことは忘れられない。泥だらけで、ケガをして、精も根も尽き果てたといった様相の息子を……二人は抱きしめてくれた。母さんは涙を浮かべて、父さんはどこか誇らしげに。一言も、叱れはしなかった。それが逆に申し訳なかった。

辛《つら》かったのは、マサシたち犠牲者の両親と会った時である。泣き続け、僕たちから子供の最期の様子を聞き……その合間に、生き残った僕たちに対する嫉妬《しっと》や、やり場のない怒りを覗《のぞ》かせる。僕は何も言えず、俯《うつむ》くばかりだった。

「サークル」はその日のうちに二人が逮捕され、二人は死亡が確認された。

やがて事件の捜査が進むにつれ、彼らのおぞましい犯行に街は震撼《しんかん》することになる。

藤枝。高校教師。吹奏楽部顧問。独身で両親と同居。

唐原。主婦。夫と二人の娘の四人家族。家庭関係、良好。

遠藤。ゴミ収集業者。結婚を約束した恋人がいて、お互い両親に挨拶《あいさつ》もすませていた。

仲津田。有名私立大学二年生。経済統計ゼミ副幹部。

全員、特に生活態度に問題なし。

そして……四人で殺害した人数、不明……。

藤枝の自室に据え付けられた蓄電式冷蔵庫から、十人分の眼球が発見され、少なくとも犠牲者はそれ以上ということだけはわかっている。

身近に潜んでいた恐るべき殺人鬼の存在は一大スクープとなり、週刊誌やテレビ番組でさかんに報道された。「夜」に人が飲まれるという噂との関連性を指摘する知識人も多く、第二第三の「サークル」が存在するという見解も出始め、国会で「夜」制度の在り方についで議論がなされるまでに発展した。

防犯グッズの類《たぐい》が飛ぶように売れ、市民は今まで以上に「夜」を恐れるようになった……。

ミチコさんの言っていたことが思い出される。

――「サークル」も私と同じなの。臆病《おくびょう》で、人間になりきれない半端者。あなたが「サークル」を怖がる必要なんてない、本当に怖がってるのは「サークル」の方なんだから――

あの言葉は、僕は今でもふに落ちない。

どう考えたって、怖がっているのは僕たちの方である。

逆に「サークル」は僕たちを怖がる理由なんてないじゃないか。

彼らより僕たちが優れているところなど見あたらないように思う。確かに結果的にあの「夜」僕たちは勝利した。しかし僕たちは裏をかかれ、動きを見通され、逃げまどうばかりで……最後はただ運によって勝てたようにしか思えない。

ミチコさんは、社会に平気で溶け込めるのが凄《すご》いと言う。適応力ということだろうか。様々な状態に自分を適応させ、周囲にも仲間だと認識させ、うまく立ち回って行く。そういう力は確かに「サークル」よりも、僕やエミ、キョウカの方があるかもしれないが……。

それが本当に凄いことなのだろうか。

僕にはよくわからない。

……。

僕にわかることは一つだけだ。

僕は。僕たちは、生き残った。

この事実だ。

僕は愛する人を守り切ったんだ。そしてエミは僕のことを最後まで助けてくれた。エミが仲津田を刺してくれたから、僕は死なずにすんだ。エミがいてくれたから、僕は頑張れた……。

僕はエミと二人で、確かにあの「夜」を乗り切ったんだ。

失ったものは大きい。たくさんの人が死んでしまった。マサシも……ミチコさんも、スミオも、タツヒコも、ユウヤも……。それを思うと胸が痛む。みんなと一緒の教室は、二度と戻ることはない。

一生懸命生きて行かなくては。

みんなの分も。

僕は自分に言い聞かせる。

エミとキョウカは何かおしゃべりをして笑っていた。僕は二人の笑顔を眺める。病室のカーテンはさらさらと揺れ、飾られた花がよい香りを散らす。

これからも。

これからもエミと一緒なら、僕は色々なことを乗り越えて行けるだろう。

僕はこれからもエミを守り続ける。そして、生きて行く。

きっと。

エミはキョウカと話しながら、僕のことをちらりと見た。目が合う。

どぎまぎする僕に、エミは柔らかく微笑んだ。

窓から差し込む温かな光が、僕たちを優しく照らしていた。

了

作家活動10周年! ————

何なの、ここは……
撃っていい?
のウソで
全てが
れ落ちる!
あぁ
あ
ひっ……
がっ
がっ
んぐっ
LINEマンガ&
COMIC コロナ
CORONA
TOcomics
TOブックスが贈るWEBcomic
にて絶賛連載中!!

——— 二宮敦人、

悪鬼のウイルス
原作：二宮敦人　漫画：鈴丸れいじ
1
累計
45万部突破！
最後の医者シリーズ
著者が放つ衝撃のホラーサスペンス、
コミカライズ1巻！
たった一度
人生の
崩
2020年10月15日発売！

最後の医者は
桜を見上げて
君を想う
The Last Doctors Think of You
Whenever
They Look Up to Cherry Blossoms.
コミックス
全3巻
好評発売中!

TO文庫

夜までに帰宅

2020年10月1日　第1刷発行

著　者　二宮敦人
発行者　本田武市
発行所　TOブックス
〒150-0002 東京都渋谷区渋谷三丁目1番1号
PMO渋谷II　11階
電話0120-933-772（営業フリーダイヤル）
FAX050-3156-0508

フォーマットデザイン　金澤浩二
本文データ製作　TOブックスデザイン室
印刷・製本　中央精版印刷株式会社

PrintedinJapanISBN978-4-86699-057-6